ベリーズ文庫

離婚したはずが、辣腕御曹司は揺るぎない愛でもう一度娶る

高田ちさき

STARTS
スターツ出版株式会社

目次

離婚したはずが、辣腕御曹司は揺るぎない愛でもう一度娶る

離婚したはずが、辣腕御曹司は
揺るぎない愛でもう一度娶る

プロローグ

人は一生に何度恋に落ちるのだろうか。

幼稚園のときの初恋、小学生のときの恋心、高校生ではじめてできた彼氏。片想いでも両想いでも私はそのときの自分の好きという気持ちを、真剣に相手にぶつけてきたと思う。

でも二十九歳の今思う。私はこれから先、もう二度と誰も好きにならないだろうということを。

一度の結婚の失敗くらいで、と周りは言うけれど。そもそもその結婚は私にとって失敗なんかじゃなかった。今でも彼と過ごした時間は私の人生の中で一番輝いていて、それでいて一番苦しい時間だった。

でもそれが心の中にあるおかげで、今日も笑っていられる。

人に理解されなくても、それでもいい。私の中の愛は、すべてあの人に捧げたから。

出会いがなかったわけじゃない。バツイチだとわかっていてアプローチしてくれる人もいた。

実際に付き合ってみれば忘れられるかもしれないと思ったこともある。頭でそう考えても、心が動かないのだ。

今はもう私の目の前にはいない、これからも私のもとには帰ってこない彼をいつも思い出してしまう。

そんなことを繰り返して、私はいつしか恋をするのをあきらめた。

正確には彼との恋を忘れるのをやめた。

そしてずっと彼への思いを抱いて生きると決めたのだ。

誰にも理解されなくていい。彼のことを心から追い出すくらいなら、私はずっとひとりでいい。

しかし今、信じられない光景を目にした私は茫然としている。

「久しぶりだね。琴葉《ことは》」

「……れ、いじ」

昔と変わらない笑顔を浮かべるその男性。心から会いたいと思い、そしてそれと同時に会いたくないと思う。私の〝元夫〟が目の前にいた。

第一章　再会

〝ピッ〟という解錠の電子音が聞こえ、扉をぐっと押す。

「おはようございます」

声をかけたが、フロアにはまだ誰もいない。今日も一番のり、なんとなく気分がいいと思うのは少し幼いだろうか。

私、鳴滝《なるたき》琴葉が勤めるここ『ライエッセ株式会社』は、従業員二百人弱のクラウドサービスやWEBサービスを提供する会社だ。創業して七年目、これからもっと業務を拡大していくつもりで従業員一丸となって頑張っている。

代表である中野《なかの》社長の人柄か、若い社員が多いからか、理由は複数あるだろうけれど、みんな忌憚《きたん》のない意見を出し、活気にあふれる職場だ。

私は四年前にこの職場に中途採用された。

フリーアドレス制なので、一番のりの私はお気に入りの席に荷物を置きノートパソコンを開いたあと、給湯室から洗剤の入ったスプレーボトルと台拭きを持って、フロアのテーブルを拭きはじめた。

ふとまだ電源の入ってないパソコンの真っ暗な画面に映る自分の姿が目に入る。前髪が割れてしまっているのを直しながら、ほかにおかしなところがないか確認する。

身長一五八センチ。肩につくくらいの髪は、先週行った美容院でおすすめされてモカブラウンに染めた。華やかな印象になってとっても気に入っているし、周囲からの評判も上々だ。

今、仕事がとっても楽しい。それを言い訳にするわけではないが、おしゃれにそう興味があるわけでもなく、洋服はいつも行く同じ店で馴染みのスタッフに相談に乗ってもらうようにしている。

アクセサリーも最低限。顔周りが華やかになるピアスをつけることはあるものの、ほかのものはめったにつけない。

完全に掃除をする手が止まってしまっていた。早くしないと、みんなが来るまでにやっておかなければならない作業がある。

電車の中で組み立てた一日のスケジュールをもう一度思い出して掃除を再開した。

掃除は委託している業者さんがやってくれているので、必要ないと言えばそうなのだけれど、仕事をする前に身の回りを整えると、仕事のモチベーションが変わってくる。一種の儀式みたいなものだ。

だから朝は少し早めに出社して掃除をし、そのあと優雅にコーヒーを飲みながら一日の予定を確認する——のが理想なのだが、なかなかそうはいかない。

「あかーん。やばいやばい。やってもーた!」

静かで心地のよい朝のオフィスの雰囲気が一瞬にして壊された。

入口からすごい勢いで、叫びながらこちらに向かってきているのは、ほぼ同期の君《き》塚《づか》京太郎《きょうたろう》だ。

朝から何事よ。

基本的にいつも騒がしく、それに加えて東京《とうきょう》に出てきて何年も経っているのに抜けない関西弁のせいで、フロアのどこにいてもすぐにわかる。

「なぁ、琴葉。手伝って、一生のお願いや」

「あなたの一生、何度あるのよ」

呆れて言い返すと、私が手伝うと言っていないのにすでに資料を手に説明をはじめようとしている。なんてせっかちなんだろう。

「これなんやけど、朝いちの打ち合わせに間に合わん。琴葉様なら、こんなんちょちょいのちょいやろ」

「調子のいいこと言わないで、私にだって仕事があるんだからね」

そうはいいつつ、資料の確認をする。

「今朝歯磨きしてて、思い出したんや。資料の探すの手伝ってーや」

たしかにこの手の作業は、いつも書類の管理をしている私がやった方が早い。それにここは新規の顧客で君塚がずっと頑張ってアプローチしてきたところだ。なんとか手助けをしてあげたい。

「わかった。二十分ちょうだい」

「よっしゃ～！　やっぱ琴葉だよな。ほな、頼んだ！」

彼は言い残すと、さっさとフロアを出ていこうとする。

「ねぇ、どこいくの？」

「俺飯まだやから、コンビニ行ってくる」

手をひらひらさせながら、嵐のような男はフロアを出ていった。

「人に押しつけておいて、もう」

私は頬をふくらませながら、さっそく資料作りに必要なデータを呼び出し、該当箇所をピックアップしはじめる。

あちこちから聞こえる「おはようございます」という声に返事をしながら集中していると、できあがったタイミングでデスクにドンッとコンビニの袋が置かれた。

「なにこれ?」

顔をあげると案の定、君塚の顔があった。

「安すぎない?」

「プレゼン成功したら報酬はずまさせてもらいます」

『吉峰《よしみね》』のスペシャル海鮮丼ね」

「まかしとき」

彼はすぐにふたつ離れた席で自分のパソコンを立ち上げて、私の作った資料を確認している。

「完璧やな、サンキュー」

彼はそう言い残すと、外出の準備をして出ていった。

あいかわらず、落ち着きのない人ね。

そう思いながら、彼が買ってきた袋の中身を見ると、私がいつも飲む紅茶とお気に入りのグミ。それと新作のお菓子が数点入っていた。

「わかってるじゃん」

私は紅茶のペットボトルを取り出し飲んだ。ホッとひと息ついたところで、今度は同僚の根岸春香《ねぎしはるか》がやってきた。

「琴葉、社長が呼んでるわよ」

「え、来てるの？」

テレワークをする社員も多く、仕事をするうえで出社が必須要件ではない。

私は出社したほうが仕事が捗《はかど》るので、基本的には会社で仕事をしている。

中野社長は今でも自ら案件を抱えるほどフットワークが軽い。だから社内で見かけない日も多かった。

基本的に社員の自主性に任せているスタンスなのでそれでも問題ないのだが、会って話したほうがいいこともある。

「うん。それで琴葉を呼んでる。すぐに来てって」

「わかった、ありがとう」

業務報告はつねに行っているが、やはり対面でやり取りをするのも大切だ。そういえば会ったら相談しようと思っていたことがいくつかあったので、私はそれを書き留めた手帳を手に社長室に向かう。

一度フロアを出て管理部門のフロアに入る。その最奥にある社長室は、普段社員がコミュニケーションを取りやすいようにガラス張りで外からも中の様子がうかがえるようになっている。しかし今日はブラインドが下りていた。

こんな朝早くから、来客？

めったにないことに不思議に思いながらも、春香の口ぶりでは急ぎのようだったのですぐにノックをした。

「鳴滝です」

「どうぞ～」

いつも通りの少し気の抜けた雰囲気の返事があってから、ドアを開け中に入る。応接セットに座っている中野社長の様子に違和感を覚えた。

少しやせた？

もともとがっしりした体格ではないので、近しい人でなければ気にならないだろうが頬のあたりが少しほっそりしたように思えた。

表情はいつも通り穏やかで、柔らかい笑みを浮かべている。

彼の様子に気を取られて、その向かいに座っている人物に気がつくのが遅れた。

やっぱり来客だったようだ。

「あの、来客中であればまたあとから来ます」

入室許可を得たものの、先客がいるならここは辞するべきだと出ていこうとする。

しかし中野社長がそれを止めた。

「いやいいんだ。彼に君を紹介したかったからね」

その言葉で男性のほうに視線を向けると、その人も同時にこちらを振り向いた。そしてその瞬間、私はその場で固まってしまった。

その時間は数秒だっただろう。けれどその間に呼吸すら止めた私は、頭の中で過去の記憶が嵐のように自分に襲い掛かってきているのに必死に耐えていた。

なんで、今になって……。

ショックで思考回路が低下していた私を現実に戻したのは、その男性の声だった。

「久しぶりだね。琴葉」

「……れ、いじ」

無意識に相手の名前を呼んでいた。再会の衝撃に今の状況をすっかり忘れて。

四年間一度も会わなかった。しかし間違いなく彼だ。

当時は短かった髪は長くなっている。長めの前髪はサイドに流されていて、三十二歳になった彼は清潔感と大人の色気を兼ね備えていた。

けれど意志の強そうな眉に、人を惹きつける形のよい目。高い鼻も色気のある唇も当時と変わっていない。

私が好きだった彼そのものだ。

思わず凝視してしまった。そのことを中野社長に突っ込まれて我に返る。

「鳴滝さん、イケメンだからってそんなにジロジロ見たら失礼だよ」

「え、いや。はい」

私は慌てて視線を中野社長に移す。

「いやでもさっき、名前呼んでなかった？　もしかして知り合い？」

私は相手が口を開く前に先手を打つ。

「いえ、〝はじめまして〟鳴滝琴葉です」

あえて強調した言葉に、相手も気がついたようだ。私の意図を理解して不遜な笑みを浮かべた。

どうでるだろうかと心配していたけれど、向こうはこの場では私に話を合わせると決めたようだ。

「北山玲司《きたやまれいじ》です。どうぞよろしく」

眩しい笑みをもって私に微笑みかける彼からは、余裕すら感じる。

私がこんなに混乱しているのに、この再会をなんでもないことのように思っているみたいで悔しい。

いや、向こうが仕組んだことなら、彼が余裕なのはあたりまえだ。私は自分の焦る気持ちを悟られないように努めて冷静にふるまった。

「あの、もしかして新しいクライアントの方ですか？」

私はさっさと用件をすませようと自分から話を進めるように促した。

「いや、そうじゃない。鳴滝さん、驚くかもしれないけれど、彼にライエッセを譲ることにしたんだ」

「譲る？　どういうことですか？」

ただでさえ玲司の登場で冷静ではないのに、驚きの発言に頭がついていかない。

「とりあえず、座って。首が痛い」

やさしく笑いながら自分の隣のソファに座るように促され、私はそれに従った。

「実は一年前に大きな病気が見つかってね」

「えっ、そんな話聞いてないです」

「今はじめて言うからね」

目の前の恩人の病に動揺している。ぐっと奥歯を噛みしめて胸のざわつきに耐えた。

「そんな顔しないで、話しづらくなるじゃないか」

中野社長は私の背中をポンポンと叩いた。

このライエッセは中野社長が七年前の三十六歳のときに設立した会社だ。私が採用されたときは四期目に入ったばかりで、従業員もまだ二十人もいなかった。

なにか打ち込めるものを探していた私は、失敗しながらもこの会社で働けることで自分を保ち続ける日々だったように思う。

そんな仕事ばかりの私を、中野社長は兄のように親身になって心配していた。仕事では至らない私の失敗を笑って一緒に解決してくれ、私生活では私の誕生日を忘れずに祝ってくれた。

それなのに私は……彼が体調を崩していたことすら気がつかなかったなんて。

そのことがなによりもショックで、申し訳ない。

「今のところすぐにどうこうなるってわけじゃない。ただ手術と長期間の静養が必要なんだ」

「その間、社員のみんなで頑張りますから」

しかし中野社長は首を振る。

「君たちを信頼していないわけじゃない。社員の誰かに任せることも考えたけれど、適任者が思いあたらなかったんだ。まだ君たちをそこまで育てられていなかった俺の責任だ」

中野社長が、道半ばでこの会社を手放すことを心から残念に思っているのが伝わってくる。

「だからこの半年、ずっと俺の宝物を託せる相手を探していた」

私たちでは力不足だと言われてしまった。たしかに若手社員が多く、なにかあったときに責任を負う覚悟がある社員はいるだろうか。考えてみれば私たちはいつも社長の庇護のもとに仕事をしていたのだから。

私だってこの会社のことを大切に思っている。しかしベテラン組と言われる私でも、この会社を背負って立てと言われると途端に自信がなくなる。

よくも悪くもこの会社は、中野社長を中心とした組織だ。だから今この会社で彼の代理はできたとしても代わりを務められる人間はいない。

会社のことをわかっているからこそ、この選択は理解できる。理解はできるけれど、どうしてその相手がよりにもよって玲司なのだろうか。

私は言いたいことがたくさんあるけれど、説明を待った。

「北山くんは、『北山グループ』の次期代表になる。現在は傘下の会社をいくつか経営していて、ビジネスマンとしては極めて優秀な人材だ」

それはそうだろう。中野社長が宝物と言う会社を託す相手を適当に選ぶはずない。

「じゃあうちも北山グループの傘下に入るってことですか？」

私の質問に答えたのは中野社長ではなく、玲司だった。

「そういうことになるな。ただ今の実績ではこの会社の価値をグループ内に知らしめるには少し弱い。そのために俺がここで実績を上げて将来的には北山全社のシステムをここに任せるつもりだ」

「そんな大きな仕事を?」

北山グループ全社となると、これまでのうちの会社が請け負った仕事とはけた違いだ。中野社長の、全国にわが社の価値を認めてもらうという夢も叶う。

「現状ではその可能性が十分あると思っている。ただできないとわかればそのときは」

「そのときは?」

私の質問に、玲司は答えなかった。

「これ以上の話を今したところで、なんにもならない」

それもそうだ。中野社長がこの会社を玲司に譲ると決めたなら、私はその決定に対して口を出す立場にない。

「それでどうして私がこの場に呼ばれたんでしょうか?」

会社の置かれている状況は理解できた。しかし私だけ前もってこの場に呼ばれたのはなにか意味があるのだろうか。

玲司は私と知り合いだということを、中野社長には言っていないみたいだし。

「鳴滝さんには、北山くんの補佐についてもらいたい。君ほどこの会社について詳しい人はいないからね」

「えっ、私が？」

思わず声をあげてしまう。その声に拒否の声色がついつい混ざってしまった。

「正直だな」

玲司は怒るわけでもなく、素直な私の反応を見て笑っていた。

「たしかに今の仕事を抱えながらだから、負担が増えるけれど、君ほどの適任者はいないと思うんだ。どうだ、引き受けてくれないか」

中野社長の心からのお願いだということは、付き合いが長いのでわかる。私もいつもなら与えられた仕事を拒否するようなことはしない。

相手が玲司でなければ、すぐに了承している。

だけど――どうしても、この仕事だけは……。

「ごめんなさい、いくら社長の頼みでもそれだけはできません」

「鳴滝さん、どうしたの？　いつもの君らしくないよ」

中野社長がそう言うのも理解できる。ただその理由をどうしても言いたくないのだ。

同じ職場にいることすら、北山側からしたら問題になりかねないのに、補佐などもってのほかだ。

この状況を見ていた玲司が口を開いた。

「彼女とふたり、少し話をさせてください」

玲司の言葉に中野社長は少し心配そうな顔をしつつも、彼の提案を受け入れる。

「じゃあ、私はフロアに出ているから」

そう言い残して中野社長が出ていったので、社長室にはふたりきりになる。私はその途端、玲司の視線から逃れるように彼に背中を向ける。

「あらためて、久しぶりだな」

穏やかな彼の声。私の子どもっぽい行動も気にしていないようだ。

感情に任せた態度を取る自分が恥ずかしくなり、気持ちを切り替えて彼のほうに向いた。

「はじめまして、ですよ。北山さん」

「はじめましてね、まぁいいさ。おいおいそんなことを言ってられなくなるだろうし」

呆れ交じりの笑みを浮かべている。

自分でも茶番だと思う。けれどどういう距離間で彼と接すればいいのかわからないのだ。とにかくなんとかしてこの場から逃げ出したい。

ただそれだけしか、焦った頭では考えられなかった。

「どういうこと？」

彼の意図を掴みたくて尋ねた。

「会ったばかりの上司に、その口の利き方は正解？　たしか俺たちは初対面のはずだけど」

「あっ……」

「琴葉がはじめたんだろ、そんなんでやっていけるのか？」

完全にバカにした様子で、クスクスと笑っている。

「と、とにかく。私はあなたの補佐はできません」

「そうか」

「えっ？」

意外にもあっさりと引かれて驚く。説得されると思って身構えていたのに、とんだ肩透かしだ。

「いいんですか？」

「あぁ、かまわないさ。無理に手伝わせるつもりはない」

たしかに彼は人に無理強いをさせるようなタイプの人間ではない。相手が誰であろうがきちんと意見を聞いてできる限り尊重する。少なくとも昔はそうだった。

「ただ琴葉はそれでいいのか？」

「いいのかって、もちろんよ」

自分が言いだしたことだ。希望通りになったのだから問題ない。

「俺を近くで見張っていなくてもいいんだな。好きにするぞ、この会社」

人の悪い笑みを浮かべて、こちらを見ている。

「好きにするって……」

思わず私は、声をあげた。それを彼は笑って見ている。

「俺は慈善事業をしに来たわけじゃない、不必要となれば切り捨てる」

仕事ができるというのは、こういうところも含めてなのだろう。あの日本でも一、二を争うグループの上に立つ人間には、そういう無慈悲さも必要なのかもしれない。

理解はできるけれど、この会社ライエッセに関しては看過できない。

「この会社をそんな扱いにしたら、後悔するわ。私がそんなことさせない」

今はまだまだ小さいが、社会に貢献できる会社だと中野社長をはじめ全員が自負している。

「すごい自信だな。そう言うなら俺が間違った判断をしないように、一番近くで見張っておく必要があるんじゃないのか？」

悔しいけれど彼の言う通りなのかもしれない。彼の近くにいれば動きが把握できる。もしライエッセの未来が経営判断でどうなったとしても、取り返しがつかなくなって知るよりも、彼のそばにいれば前もって知ることができる。あわよくば回避できるかもしれない。

この会社は、私に生きる意味を与えてくれた大切な会社だ。だからできることは全力でしたい。畑違いの仕事をしていた私を拾ってくれた、中野社長の恩に報いるためにも。

これは不可抗力だ。私から彼に近付いたわけではない。もし北山側からなにか言われたら、そのときに考える。

私はライエッセまで失うわけにはいかない。

「わかりました。補佐を務めさせていただきます」

覚悟を決めた私は、彼の顔をしっかりと見て自分の決意を伝えた。

玲司は満足そうにうなずく。

「賢明な判断だ。君なら最終的にはそうすると思ったよ」

私のことをわかっているような口ぶりが悔しい。昔から玲司と議論して勝った記憶がない。この先が思いやられて肩を落とす。

「そんなに元夫と仕事するのは嫌か」

「あ、当たり前じゃないですか！　それに、私と北山さんは初対面のはずですけど」

「わかった、わかった。琴葉はその設定を貫くつもりなんだな」

「琴葉ではなく、鳴滝です。部下へのなれなれしい呼び方は、場合によってはセクハラとなりますので今後注意してください」

補佐を引き受けると決めた以上、線引きは明確にしないといけない。いつ誰に私たちが夫婦だったことがばれるかわからないからだ。

「了解した、ほかには？」

私は彼に最初に確認しておきたいことを尋ねる。

「ここの事業内情はどこまで把握しているんですか？」

「すべてだ。半年以上前から中野さんの仕事を共有している」

あぁ、そんなに前から中野社長は事業譲渡を視野に入れて動いていたんだ。

「私なにも知らなかった」

私たちの前ではいつもと変わらない様子だった。大切な人なのに、なぜ気がつかなかったんだろう。

「そんな顔をするな。知らなかったんじゃなくて、知らせたくなかったんだと思うぞ。心配かけたくなかった、それだけじゃないのか？」

「そんなの、寂しすぎる」

小さな会社だった頃から、ずっと世話をしてくれていた人だ。それなのに水臭い。

「きっと会社の先行きが決まるまで言いたくなかったんだろう。彼と仕事の話をしていたら、なによりも従業員を大切にしていると伝わってきた」

そうなのだ、そういう人なのだ。それが中野社長なりのやさしさだとわかっても、寂しいものは寂しい。

「俺もこの半年間は、この会社を率いていけるのか試されていたからな」

「え、社長があなたを？」

玲司が跡を継ぐ予定の北山グループは、旧財閥の日本でも三本の指に入る巨大企業グループだ。本業である『北山商事株式会社』を中心に、グループ内で取り扱っていない事業はないと言われるほど。

そのトップに立つ予定の人間を、従業員が二百人にも満たない会社の社長が試すなんて。

「それだけここを大切に思っているってことだ。彼と俺はもとはと言えばゴルフ仲間なんだ。彼が北山の関連病院に入院をしていると聞いて見舞ったのがきっかけで、俺がここを任されることになったんだ」

中野社長は私たち社員を不安にさせないために、入院も出張と偽り隠し通していたらしい。

玲司の簡潔な説明を聞いてもなお、納得できなかった。

「なんでこんな上場もしていない、小さな会社を?」

私はこのライエッセが好きだし、ここで仲間と働いていることを誇りに思っている。けれど一般的に見れば、まだまだ発展途上の小さな会社であることは変わりない。ましてや大きな組織のトップに立つ玲司が直々に、なぜこの会社の社長となるのかわからない。

「小さな会社?　君は十分この会社の価値を理解していると思っていたが、俺の勘違いか?　君も中野社長と一緒にこの会社に尽力してきたものだと思っていたんだが。まさか俺にその価値がわからないとでも言いたいのか?」

私が仕事に打ち込んだのは、玲司を忘れるため。それなのにその結果、また彼とこうして出会ってしまうなんて、なんて皮肉なんだろう。

「失礼な質問をしたわ。ごめんなさい」

「さっきも言ったが、俺は慈善事業でやってきたわけじゃない。この会社の持つ技術と可能性が今後の北山を大きくする事業のひとつになると判断して、自らここにやってきた」

玲司ほどの立場の人間ならば、ほかの人に任せることもできたはず。

しかしそうせずに、本人がここに来たということは、それだけライエッセに価値があると言っているようなものだ。

もう事業譲渡は決まって、この会社は北山グループの傘下に入る。今さら私がどうあがいたところでどうにもできない。

それならば、中野社長が託した玲司を信じて最善を尽くすのが今の私がやるべきことだ。

私は黙って玲司の言葉にうなずく。

「君には覚悟を持って、俺についてきてほしい」

〝ついていく〟？　またあなたに？

四年前にもらいたかった言葉を、なんで今になって彼から聞かされているのだろう。

過去の思いに引きずられそうになって、慌てて自分に言い聞かせる。

彼は元夫ではなく、新しい私の上司。ただの上司、これは仕事の話よ。

「かしこまりました、これからよろしくお願いします」

「こちらこそ君が助けてくれるとありがたい。俺のことを一番理解して隣にいても違和感がないのは君だろう。あわよくばもう俺のそばから離れてほしくないな」

特別な意味はないはずなのに、なんだか妙にひっかかる言い方だ。いや、私が意識しすぎてそう捉えているからかもしれない。

彼の言う通りこの会社で彼を一番理解できているのは私だ。もちろん仕事の手腕もよく知っている。だからこそ中野社長が彼を選んだのも理解できる。

これが会社にとってはベストな選択。たとえそれが、私にとっては居心地の悪い相手だとしてもだ。

だが最後に、釘をさしておかなくてはいけない。

「念のためにもう一度言っておきますが、あくまで私と北山さんは今日が初対面ですので。そのこと忘れないでくださいね」

あまりに何度も言いすぎたせいか、玲司は呆れた顔をしている。

「肝に銘じておくつもりだが――」

彼が言葉を区切って、私のほうを見て笑った。

「うっかり口が滑ったら悪いな。先に謝っておく、琴葉」

彼がわざと私の名前を口にしたのを見て、イラっとしてしまう。

私がこんなにあれこれ悩んでいるのに、どこかおもしろがっているように見えたからだ。

「そんな人じゃなかったはずですけど」

「君の知っている俺が、どんな奴なのかぜひ話を聞きたいね」

それを言ってしまうと、私たちが旧知の仲だと認めることになる。わかっていて言っているのだ。

「奥様はずいぶん寛大な方なんですね。でも誤解されるような言動は慎むべきですよ」

距離をとるためとはいえ、自分で言ってちょっと傷つく。

しかし彼から返ってきた言葉は意外なものだった。

「妻ね……過去にひとりいたけど、今はいないよ」

「え……」

驚きで背けていた顔を上げて彼を見る。すると彼の熱いまなざしが私を射抜いた。

動揺して次の言葉が出ない。

どうしていまだに玲司が独身なの？　彼はつり合いの取れる誰かと幸せな家庭を築

いているはずなのに。

なにも話さなくなった私を見つめたまま、彼が口を開いた。

「よかったら君がなる？　俺の妻に」

からかっているのだろう、だけど彼の目は冗談を言っているように見えない。

胸が痛いほどドキドキと音を立てる。こんなこと嘘でも言ってほしくない。

だってそうでなければ、自分を保てなくなってしまう。

なんとか理性をかき集めて、私は彼に強い視線を向ける。

「面白くない冗談はやめてください」

「そう、結構本気だったんだけど、ダメだった？」

悪びれもなく言い放つ彼には、笑みが戻ってきている。

言い返したいけれど、きっと口では彼にはかなわない。それがわかっているから、
私はむっとした顔で彼を睨むしかできない。

「そんなに怒るな、これから仲良くやっていかなくちゃいけないんだから」

それならそっちが態度をあらためてほしい。そう思うけれど彼は上司なのだ。なん
でも意見できる相手ではない。

「では、私は失礼します」

部屋から出ていこうとした私を、彼が引き留めた。

「待って。大事なことを忘れていた。君の連絡先を教えて」

彼はあくまで上司として聞いている。これから補佐として働くのだから連絡先を伝えておくのは当たり前だ。

理解はしているけれど、心が抵抗している。

これは仕事なんだから。駄々をこねる自分に言い聞かせて私はスマートフォンを取り出し、パスワードを解除するときにハッとした。

パスワード見られていないよね。

彼が私のスマートフォンの中身に興味があるとは思えない。ただこのパスワード自体を見られたくなかった。

それは私と彼の結婚記念日。

慣れたパスワードだからというのは言い訳で、その日は今でも私にとって大切な日だからだ。

ただそれを離婚した夫に知られるのは、死ぬほど恥ずかしい。

彼の様子をうかがったが、特に気にしていないようだ。私は心の中でホッと胸をなでおろして、彼に私の連絡先を登録してもらう。

「俺の番号は変わっていない」

変えてないんだ……。

別れたあと、私は彼と連絡を絶つために電話番号を変えた。でも彼はそのままだったみたいだ。

「すみません、私は存じ上げません」

そう言うしかないだろう。

「わかった、一度鳴らしておく」

「よろしくお願いします」

そう言い残して、私はすぐに社長室を出た。外に出ると同時に手にしていたスマートフォンが震えだし、画面に数字と【R】という文字が表示されている。

未練がましい私は、彼の電話番号を消去できなかった。だがそのまま名前を残しておくのもつらく、彼の頭文字をとって登録していたのだ。

それを見て胸が苦しくなった。息がつまって呼吸がうまくできない。

電話番号は変えたものの、それにもかかわらずパスワードは結婚記念日だし、彼の連絡先を消せずに四年も経っている。

色々な感情が入り交じり、目頭が熱くなる。

こんなところで醜態は晒せない。私は急いでトイレに駆け込んだ。

中に入ると洗面台のところでは、先ほど私を呼びに来た春香がリップを塗っていた。

しかし私は足を止めることなく、小走りで個室に入る。

「琴葉ってば、そんなに急いでどうしたの？」

〝元夫と再会して、胸が痛くて泣き出しそうだ〟なんて口が裂けても言えない。

「ちょっと我慢してただけ」

「やだ、もう！」

笑いながら春香が出ていったのが気配でわかった。

私は痛む胸を押さえながら、深呼吸を繰り返す。幸いなんとか涙は我慢できた。メイクを直す必要はない。

自分の体をギュッと抱きしめる。四年前から悲しいことや苦しいことがあったとき、ずっとこうやって自分を守ってきた。

だから大丈夫、彼はただの上司よ。

無理があるのはわかっている。四年間一度も自分の中から出ていかなかった男を、上司として接するなんて。

それでもやらなくちゃいけない。

四年前、苦しい思いをして自分で決めて今まで貫いてきたことだ。今の一時的な感情で台無しにしたくない。

私は四年間の苦しみを思い出し、もう二度と同じ思いはしないと心に誓った。

第二章　過去

目覚めて気がついた。自分が泣いていることに。

久しぶりに、あの頃の夢を見たからだ。ここ最近はあまり夢にでることもなかったのに、現実に彼と再会してしまったせいで、私の心が悲鳴をあげているからかもしれない。

手のひらで涙を拭いながら、カーテンから漏れている朝日を見つめ、朝から重いため息をつく。

全部夢だったらいいのに。

そう思いながら、朝日の眩しさから目を背けるように私は掛け布団を引っ張って、頭からかぶった。

あの日玲司、いや北山新社長が皆の前で中野前社長に紹介されて堂々と挨拶をしていた。みんな私と同じように驚いていたが、相手があの経済誌でも有名な北山玲司であったこと、そして中野前社長が認めたということで、おおむね好意的に新社長を受け入れていた。

とくに春香をはじめ女子社員は、突然現れたハイスペックな王子様に浮き足だっている。

みんな新しい環境になれていっている、それなのに私だけここに、いや過去にとどまったままだ。

＊＊＊

私と玲司が出会ったのは、私が新卒で就職した証券会社でのことだ。

それは一年目が間もなく終わる頃の二月。都内の支店に勤務していた私は、その日大会議室で行われる顧客向けのセミナーの担当だった。

とりたてて特別仕事ができるわけでもなく、目を引くような容姿をしているわけでもない。平凡な私は自分のできることを一生懸命することでなんとか周囲の足を引っ張らずにいた。会場の設営、資料の用意、人の動きを見ながら手の足りないところへと走り回る。

今回は本社のアナリストが世界の経済状況を交えながら今後の市場の傾向や金融商品についての話をする。年に数度、顧客を集めて行われている。大きなトラブルなくすべて終わってホッとしていた矢先、問題が起こった。

「このあと、少し付き合ってくれないか？」

何度か接客したお客様に声をかけられた。

「ご相談ですか？　今、担当者を捜してきますので――」

「いや、少し君と話がしたいんだ。実は今の担当者とは考え方が合わなくてね。できれば君に話を聞いてほしいんだが」

いきなりのことに驚いたが、私が勝手に判断していい話ではない。それにまだ入社して一年目で、先輩のお客様を引き継ぐほどの知識も経験もない。

「そうなのですね。しかし私の一存で決めることはできないので担当者から連絡させますね」

無難な回答ができたと思う。しかしお客様は納得しなかった。

「今俺が話をしたいのは、君なんだけど」

「いえ、あの……片付けがあるので」

これ以上はどうやって断ったらいいのかわからずに戸惑っていると、急に腕を引っ張られた。

「そんなに嫌がらなくてもいいじゃないか。お客にそういう態度をとるのか？　この会社は」

私の態度に、不満をあらわにした。先輩の担当の顧客を怒らせてしまった私はますますどうしていいのかわからずに焦ってしまう。

「そういうことじゃ――」

どうしてわかってくれないのだろうか。

周りにいたほかの同僚から距離があり、私の状況がわかっていないのだろう。このあとの仕事もあるのでみんな黙々と片付けをしている。

どうしよう、どうしたらいい？

掴まれた腕を振りほどくこともできない。社会人としての経験の浅さが出てしまう。

「お客様、どうかしましたか？」

背後から声をかけられて、私は天の助けだといわんばかりに振り向いた。

目の前の男性は、話しかけられた瞬間に私の腕を放す。おそらく人の目を気にしてのことだろう。

助けに入ってくれた人は、今日のセミナーで講師役を務めた小比賀《おびか》玲司さんだ。

何度か一緒に仕事をしたことがある。うちのアナリストの中でもかなり将来を有望視されているのだと先輩に教えてもらった。それもそのはず、たしか三期先輩にあたるので年齢は私より三つ上だろう。この若さでアナリストになる人はそうそういない。それに加えて皆が振り向くほどの容姿を持つ彼を社内で知らない人はいない。

その彼がその広い背中に私をそっとかばっている。

それまで強気だった相手が、態度をころっと変えた。

「いえ、彼女と少し話があるだけなんです」

「そうなんですか。ご相談なら、私がお受けいたします。おそらくここにいる誰よりも有益な話ができますよ」

それはそうだ。彼は今日の講師を務めるほどの人間なのだから。

彼はほんの一瞬私のほうに視線を向けると、わずかに唇を上げた。その表情に心底ホッとした。

「いや、そこまでしてもらわなくても。本当に事務手続きみたいなことだから」

慌てた男性は手を振って数歩あとずさった。

「そうおっしゃらないでください。なぁ、琴葉……じゃない鳴滝さん。すみません、お客様の前なのに普段の呼び方が出てしまいました」

彼はあたかも気まずそうに笑って見せる。それよりもなぜ彼は私の名前を知っているのだろうか。数回仕事で一緒になったことはあるが、下の名前まで把握しているなんて。さすが仕事ができる人は記憶力もすごい。

「もしかしてふたりってそういう関係なの？」

え、なんでそんな話になってしまったのだろうか。小比賀さんとは何度か話をしたことがあるくらいで、プライベートでの付き合いは皆無なのに。

驚いた私が目を見開いた。彼が私の背中にそっと手を添えた。話を合わせるようにと言われているような気がして、戸惑いつつも彼に合わせる。

「そのあたりはご想像におまかせします。それよりもあちらでじっくりと話を聞きますので」

彼がさした先には、セミオープンになっている相談スペースがある。

人あたりのよい笑顔で、ぐいぐい話を持っていく。男性のお客様はうしろめたかったのか、だんだんと顔が引きつっていった。

「いや、今日はあまり時間がないんだった。それでは失礼します」

そう言い残して、その場を去っていった。その逃げ足の速さに驚く。さっきまでは私の腕を掴んで放さなかったのに。

「なんだ、せっかく話を聞こうと思っていたのに。なぁ？」

肩をすくめて見せ、いたずらめいた表情を見せる彼に胸がドキッとした。

いや、カッコいいからって目を奪われている場合じゃない。私は深々と頭を下げる。

「本当に助かりました。ありがとうございます」

顔を上げると、小比賀さんは、身長差がある私の顔を覗き込んできた。

「ここじゃ、ほかの人の邪魔になるから移動しようか?」

彼に言われるまま、隣にある小会議室に移った。

「ご迷惑をおかけしました」

部屋に入ると私はすぐに、彼にもう一度頭を下げた。

「大丈夫だった? 言い寄られていたみたいだから口出したんだけど」

「断っていたんですけど、なかなか納得してもらえなくて」

「ああいう輩は、お客様じゃないから。毅然とした態度をとるべきだよ」

「はい。反省しています」

入社して間もなく一年が経つ。もうそろそろ顧客対応もうまくならないといけないのに、こんなふうに助けてもらって情けない。

「いや、怒っているわけじゃないから。次からはちゃんと助けを求めてね」

「ご迷惑をおかけしてすみませんでした。私と付き合っているみたいに装っていただいて。彼女さんに申し訳ないです」

私を助けるためだったとしても、彼女の立場だったら嫌に思うに違いない。

「そんなこと気にしなくていいのに。それに彼女いないしね」

彼はそこで言葉を区切ると、まっすぐに私のほうを見た。

「よかったら君がなる？　俺の彼女に」

「え？」

話は聞いていたのに、理解できないくらい慌てた。

「あれ、もしかしてちゃんと伝わってない？」

彼は少し照れくさそうに鼻の頭をかいている。そして私の顔をまっすぐ見つめる。

「鳴滝琴葉さん、俺とお付き合いしませんか？」

ストレートな告白が胸にささり、気がついたら私は彼の瞳に魅入られてしっかりとうなずいていた。

そんなふうにしてはじまったふたりの関係だったが、私はあっという間に彼を大好きになった。

カッコいいうえに、仕事もできる。それだけでも憧れるには十分だった。勢いで告白をOKしたけれど、一緒にいればいるほど彼のことが好きになっていった。

仕事での悩みの解決策を一緒に模索してくれたり、愚痴となればただ理解を示してくれる。三歳しか違わないのに精神的に大人な彼にはいつも助けられていた。

けれど大好きなドライブ中には、まるで少年のような表情を見せたりもする。

そんな彼の隣にいて、夢中にならないはずなどなかった。

やさしい心遣いに、ちょっと意地悪な態度。なによりも私を大切にしてくれる。

彼と一緒にいて、愛されていることを実感する。これまでしてきた恋がままごとだと思えるほど、彼との恋は私を人としても大きくしてくれた。

だから付き合って一年目の記念日、彼にプロポーズされたときも私は迷うことなく彼との結婚を決めた。

みんなの憧れで高嶺の花である玲司と、どこにでもいる平凡で目立たない私の結婚。周囲から羨ましがられ、同期は大げさにシンデレラストーリーだと騒いだ。

職場の人や、友人を招いての結婚式。ヨーロッパへの新婚旅行。新居にはふたりで選んだ家具や食器が並び、家にふたりでいる間はいつもくっついていた。

結婚しても私は仕事を続け、一緒に出勤できる時間すらすごく特別に思えた。

喧嘩らしい喧嘩もなく、私が拗ねても彼はそれすらいつもやさしく包み込んでくれる。本当に人生の中で幸せの絶頂だった。

そしてその幸せがいつまでも続いていくのだと、その頃の私は信じて疑ってもいなかった。

その日もドライブが趣味の彼の運転で、横浜までドライブデートをしたあとだった。

「琴葉も運転すればいいのに」

「ダメダメ。だって免許取ってから一度も運転していないんだよ」

完璧なペーパードライバーの私。彼の大切にしている車に乗るなんて恐ろしくてできない。

「それに私は玲司が運転してくれるからいいや。ずっと玲司の助手席にいる」

「そっか、それもいいな」

彼が私の頭を撫でようとして、手にしていた車のキーを落としてしまった。その衝撃で付けていたキーホルダーが取れて転がっていく。

マンションのエントランスでころころと転がる。それを目で追っていくと、前に立っていた男性の革靴に当たって止まった。

男性は黙ったままそれを拾い上げた。

すぐに玲司が男性のもとに向かい、差し出されたキーホルダーを受け取る。

「すみません、ありがとうございました」

礼を告げてその場を去ろうとする。しかしその彼に目の前の五十代後半くらいの男性が声をかけた。

「失礼ですが、小比賀玲司さんですか？」

「はい。そうですが」

どうやら玲司は相手の顔に覚えがないらしく、少し不思議そうな顔をしていた。彼はセミナーなど人前で話をすることも多いので、もしかしたら顧客のひとりかもしれないと私は思っていた。

彼の一歩うしろで私も会話を聞く。

「突然すみません。私はこういうものです」

名刺を受け取った玲司が相手の素性を口にする。

「北山グループの代表秘書さんが、どうしてここに？」

日本でも三本の指に入るほどの大企業の代表の秘書？

顧客の可能性は十分あり得るが、そうだとしてもなぜこのように自宅にまで彼を訪ねてきたのだろうか。

もしかしてヘッドハンティングだろうか。のんきな私はそんなことを考えていた。

しかし次の瞬間に聞いた言葉に耳をうたがう。

「あなたのお父様のことで話があります」

間違いなくその秘書の男性はそう言ったのだ。

しかし玲司は母子家庭で、父親が誰なのかも知らないと言っていた。それなのに急になにがあったのだろうか。

突然の出来事に私たち夫婦はお互い胸をざわざわさせていた。

そして私たちは急遽、彼の実家に向かった。

北山代表の秘書だという男性から聞いた話を、玲司のお母さんに確認をするためだ。

時間は十九時。急な訪問にもかかわらず、お義母さんは笑顔で出迎えてくれた。

しかしその笑顔は、玲司が先ほど聞いた話をするとすぐに消えてしまった。

東京の郊外にある一軒家は、玲司が育った家だ。ここで母子ふたり肩を寄せ合って生きてきたと結婚の際に聞いた。お義母さんは私と玲司の結婚も心から喜んでくれ、私にもとてもやさしい人だ。

その人がずっとひとりで抱えてきた秘密が、今日明らかになった。

「全部聞いたのね。あなたの父親が誰か」

「北山誠司《せいじ》、北山グループの代表が俺の父親だって本当なのか？」

訪ねてきた秘書から聞いたことを、確認している。今まで見たことのない表情の玲司を見て、私はいたたまれない気持ちで彼の隣に座って様子をうかがっていた。

「そうよ。北山誠司があなたの父親で間違いないわ」

玲司ははぁとため息をついてうなだれる。

「どうして今まで、一度も話してくれなかったんだ」

「たしかに誠司さんはあなたの生物学上の父親ではあるけれど、私はその役目を彼に求めなかったからよ」

お義母さんの表情はどこか悲しげで、しかしはっきりとした口調から今もその選択を後悔していないということが伝わってきた。

「当時私と誠司さんはお付き合いをしていたの。でも彼にお見合いの話があって私が身を引いた。それは最初から覚悟していたことだから悲しかったけれど、納得していたの」

落ち着いたお義母さんの話に耳を傾ける。

「別れて一カ月後、あなたがお腹の中にいることがわかったの。でも彼はすでにお見合い相手との結婚が決まっていた。私はそれを邪魔するつもりがなかったから、彼に黙ってあなたを産んだのよ。私は今でもその選択を後悔してない」

強いまなざしにお義母さんの当時の覚悟がうかがい知れた。

「あなたにはたくさん苦労をかけたわね。でもあなたは私の宝物で支えだった。それは今でも変わらない。ただ……父親が誰だか知る権利、そしてその父親との交流を私が勝手に絶ってしまったことに関しては心から申し訳なく思っているわ」

それまで淡々と語っているように見えたお義母さんの表情がゆがみ、声が震えていた。その様子から多くの葛藤を抱えながらこれまで生きてきたことが伝わってくる。

玲司もそれを受け止めながら、心の中にうずまく色々な感情に向き合っているようだ。下を向いたまま、膝の上に置いてある手を強く握りしめている。

強くてやさしい私の夫。彼がこれまで抱えてきたものをはじめて目にした私は、なにもできないことに焦りを感じている。

そっと強く握られた彼の手に自分の手を重ねた。親子の間に長い年月をかけて築いたであろう出来事を、それを知らない私が口出すべきではない。けれど最愛の彼になにかしてあげたい。私ができたことは、彼の手を握ることだけだった。

彼はハッとしたように私のほうを見て、そして私の手に自分の反対の手を重ねた。

ちゃんと私の気持ちを汲み取ってくれた。

彼は顔を上げて、お義母さんの顔を見ている。その表情は強張っていたけれど、なんとか笑みを浮かべようとしていた。

「母さんがずっと、ひとりの男性の写真を大切にしているのを知っていた。それがおそらく自分の父親だっていうことも。でもその人についてこれまで尋ねなかったのは、自分の選択だから。母さんが自分を責めるのは間違っていると思う」

「玲司っ……」

それまで気丈にふるまっていたお義母さんの目に涙が浮かんだ。

「母さんを責めたいわけじゃないんだ。ただ事実を知りたかっただけ。本当にその北山って人が自分の父親なのかと」

「それは間違いないわ。でもどうして急に……これまで一度だって連絡がなかったのに」

その言葉から、お義母さんは本当に先方にはなにも告げず、出産と子育てをしたようだ。そうとう芯の強い人でなければ、成し遂げられることではない。

その強さを、玲司はしっかりと受け継いでいるのだと思う。

「向こうが会いたいと言ってきているのね？」

「そうなんだ」

「玲司の好きにするといいわ。とにかく後悔のないようによく考えてね」

お義母さんは玲司にすべて任せるつもりらしい。

「わかった。また連絡するから」

そう言って立ち上がった玲司にならい、私も席を立つ。

玄関に向かって歩いていた玲司が、振り返った。

「母さん。俺、母さんの子どもでよかったってずっと思っているから」

その玲司の言葉にお義母さんだけでなく、私も泣きそうになった。

きっと色々なことがあっただろう。彼の母親を思うやさしさに涙が出てしまう。

お義母さんに見送られて、車で自宅マンションに向かう。

「なぁ、なんで琴葉が泣いてるの？」

「だって、なんだかもう胸がいっぱいで」

「別にそんなに苦労した人生じゃないから、俺。むしろみんなに羨ましがられてるし。知ってるだろ、イケメンで仕事もできてそのうえかわいい嫁もいる」

私に心配させないように、軽い調子で肩をすくめてみせる。

「玲司」

私は笑みを浮かべて、彼の顔を見つめた。

「それでどうするつもりなの？　北山さんのこと」

なんとなくお義父様というのに気が引けて、名前で呼んだ。

「どうするかなぁ。でもずっといないと思っていたから、存在するなら確認したいって気持ちはある」

それはそうだろう。きっとこれまで父親の存在について何度も考えてきたはずだ。だから会いたいと思うのも理解できる。

「そうなんだ、玲司が納得できる結果になるといいね」

「向こうがどういう理由で、接触を図ってきたのかわからないが、俺は俺の思うようにしてみるさ」

突然の出来事に戸惑っていたけれど、今では気持ちを前向きに持っている。その様子にホッとした。

玲司がどういう結論を出したとしても、おそらくそれが最善だ。だから私は彼の隣で寄り添っていればいい。

「ごめんな、なんだか面倒なことになって」

「まったくそんなこと思っていないよ。結婚するって決めたときから、私の人生は玲ちょうどマンションの駐車場に車が停まる。玲司はシートベルトを外すと、私を引き寄せて抱きしめた。

「琴葉が俺の隣にいてくれてよかった」

彼の声色から、苦悩や戸惑いが伝わってきた。こうやって私がそばにいることで、彼のその重く苦しい気持ちが少しでも和らげばいいと思っていた。

そして彼は、翌日ひとりで北山家と向かっていった。

家で待っていた私は、時計とにらめっこしながら彼の帰りを待つ。どうか今日の顔合わせで彼が嫌な思いをしないですむように、と。

そして疲れ切った顔で帰宅した玲司から聞いた話に私は驚いた。

「認知したいって言われた」

「え、認知？」

彼とお義父様は初対面で、玲司の存在を昔から知っていたはずない。なぜそんな急な話になったのだろうかと、ソファにふたり並んで座って彼の話を聞く。

「どうやら、北山氏の健康状態に不安があるみたいなんだ。そして去年亡くなった北山夫人との間にはあいにく子どもができなかった。後継者問題が出て、色々と探しているうちに、俺を見つけたみたいだ」

そんないきさつがあったとは。

北山グループといえば、日本を代表する大企業のひとつだ。代々北山家出身の人が代表を務めているらしい。

「だからって、急に？」

「そうだよな。そもそも俺は小比賀玲司としてこれまで育ってきたんだ。急に北山家に、北山グループをって言われても困るんだよな」

いきなり父親が名乗り出てきたというだけでも驚きなのに、そのうえ大企業を率いろなんて言われてすぐに返事できるわけなどない。

「お義母さんに相談してみたら？　きっと心配しているだろうし」

「そうだな、母さんにも聞いてみる。ただ、琴葉はどう思うんだ？」

私の意見もちゃんと聞いてくれるのが、彼らしい。

「私は、玲司が選んだ道を応援するよ。いつだって一番近くにいるから」

彼が欲しかった言葉ではないかもしれない。それでもこれが私の素直な気持ちだ。

「琴葉は俺のことがよくわかっているな」

「それはもちろん、妻だもの」

彼の肩に甘えるようにもたれかかる。すると彼の体の力が抜けたのを感じた。それだけで私の存在価値があると思える。

できることは少ないけれど、彼の力になりたい。私の人生の中心は玲司だった。

それから数日、あれこれと考えたあと、彼はお義母さんのところに再訪問して相談することになった。

ふたりのほうがしっかり話ができるだろうと、私は今回同席を辞退した。だからといって気にならないわけじゃない。

部屋にいるとあれこれ考えてしまいそうだったので、私は気を紛らわせようと街をぶらぶらしていた。

お気に入りのカフェでお茶でもしようかと思っていると、ひとりの男性が目の前に現れて驚く。

「こんにちは。小比賀琴葉さんですね」

「はい。あの……たしか北山代表の秘書の方？」

「はい、尾崎《おざき》と申します」

丁寧に名刺を差し出されてそれを受け取った。名刺から視線を上げて尾崎さんの顔を見る。

「残念ながら、今日は主人は一緒ではないのです。あとで連絡させます」

〝帰る〟という連絡がないので、おそらくまだ実家にいるのだろう。

「いいえ、今日は奥様に話があるのです」

「え、私？」

驚いたけれど、彼はうなずいている。私に話とは……もしかして彼を説得してほしいと言われるのだろうか。

のんきにそんなふうに思っていた私は、自分の考えがどれほど浅はかだったのかと、そのあとすぐに思い知らされた。

「玲司様と離婚してください」

尾崎さんから告げられた衝撃のひと言に、私はショックを受けた。

彼が北山を継ぐとなれば、結婚相手は家柄の釣り合った相手でなければならない。私ではふさわしくないと言われた。

そのときお義母さんも当時同じ思いをされたのだと気がついた。覚悟はしていたと言っていたけれど、私と同様に悲しかったに違いない。

どうしたらいいんだろう。私が玲司の邪魔になる？　どうするのが正しいのかわからずに、ぐるぐると考え続ける。

私は尾崎さんが帰ったあとも、その場を動くことができずカフェで数時間過ごした。我に返ったのは、すでに帰宅した玲司が私が家にいないことに気がついて連絡をしてきたときだった。

彼に相談しなくちゃ。

私はそう思い、ショックで思考が停止したまま自宅に向かった。ただ彼に助けてほしかった。

――しかし、私を待っていたのは、玲司の衝撃的な言葉だった。

「俺、北山になる」

それを聞いた瞬間、目の前が真っ暗になった。目の前で彼がなにか言っているけれど私はなにも話せず、なにも聞こえず、なにも考えられない。

玲司が北山を継ぐってこと？

だったら、私はどうなっちゃうの？

尾崎さんの話では北山を継ぐことイコール私とは離婚するという内容だった。

まさか相談する前に結論が出ていたなんて。

嫌だ、彼と別れるなんてできない。つい最近応援するって言ったのに、その約束すら守れそうにない。

「琴葉。俺は——ちょっと、ごめん。電話だ」

玲司はそのままスマートフォンを持って、別室に入っていく。

いったい誰からだろうか。私の知らないところで、私の幸せな生活が壊れていっている気がする。

私は彼の顔を見ているのがつらくて、スマートフォンだけを持って玄関に向かう。

彼に気づかれないように部屋を出た私は、行く当てもなくとぼとぼと近所を歩いた。

何度かスマートフォンに着信があった。メッセージも届いてぶるぶると震えている。

しかしそれのどれにも応答したくないと思った私は、電源を切って近くの公園のベンチで空を見上げた。

九月の後半になってやっと秋らしくなってきた。高くなった空にはうろこ雲が浮かんでいる。

上を向いているのに、ほろりと涙がこぼれた。一粒こぼれたあとはとめどなく頬を涙が伝う。

ギュッと目を閉じると、浮かんでくるのは玲司のことばかりだ。

いきなり告白された日。毎月付き合った記念日には食事に行ったこと、ドライブが好きな彼に付き合って色々な場所に出掛けたこと。

一年目の記念日にプロポーズされ、皆に祝福されて人生で一番幸せだった結婚式でキスを交わしたこと。

私の作ったハンバーグを『おいしい』と言ってたくさん食べてくれたこと。お義母さん直伝の肉じゃがだってやっと上手になってきたのに。

いつだって隣にいて愛を囁いてくれたこと。

そのどれもが幸せすぎて、だからこそ彼と別れることがどれだけつらく悲しいことか、考えるだけでも胸が苦しい。

彼の愛を信じていないわけじゃない。

玲司は物事を色々な方向から見て、ベストの選択ができる人だ。おそらく今出せる一番の選択をしたはずだ。

だから私と一緒に過ごすよりも大切なものがあったとしたら……私は彼を応援すると言ったのだから、彼の決定に従うべきだ。

わかっている、どれだけ私が縋りついても結婚はふたりの意志で成り立つものだ。私のひとりよがりではどうすることもできない。

彼のことを思うならば、身を引くべき。わかっている、わかっているけれど。

ふと玲司と結婚式の夜に話したことを思い出した。

『なにかあったら、必ずふたりで話し合おう』

そうだった。勝手にひとりで結論を出してしまった。

私はまだ自分の気持ちを彼に伝えていない。自分がどうしたいのか、そして彼がどうしたいのかまだなにも聞いていないのだ。

彼が北山を継ぎたいと言った。それしか今わからない状態で結論を出すのは間違っている。

私はベンチから立ち走り出した。気持ちが決まったら一刻も早く彼と話をしなくてはいけないと思ったからだ。

そういえばずっとスマートフォンの電源を切っていたことに気づく。私が歩きながら電源を入れるとすぐに着信の画面に切り替わった。

画面には玲司の名前が表示されていて、私はすぐに通話ボタンを押す。

《琴葉、いったい今どこにいるんだ？》

「なにも言わずにごめんなさい。近くの公園なの。今戻ってるから」

《そうか、俺も外にいるからそっちに向かう》

心配して捜しにきてくれていたようだ。それだけで胸が苦しい。こんなにも自分を心配してくれている相手を信じずにひとりで悩んでいたなんて。

「ありがとう」

お礼を言って一度電話を切ると、道路の向こう側に彼の姿が見える。ものすごい勢いで走ってきているが、あいにく目の前の歩行者用信号は赤だ。

彼もこちら側にいる私に気がついた。肩で息をしながらそれでも手を振ってくれている。

一生懸命、私を捜していたであろうその姿に涙がにじんできた。心配をかけるといけないと思い涙を手の甲で拭うと一生懸命彼に向かって手を振った。

信号機はまだ青にならない。じりじりしながらひたすら待つ。

そして青に変わった。私はうれしくて視線を信号機から玲司のほうに向ける。

彼が一歩踏み出す前に、その隣にいた小学生ぐらいの男の子が走り出した。しかし次の瞬間一台の車が交差点に進入してその男の子に向かっていく。

「危ないっ!」

声が出ると同時に、玲司が動き出す姿が見えた。

「えっ」

目の前で男の子を抱えた玲司が車とぶつかるのが見えた。見たくないと思ってしまい目をつむる。

耳障りなブレーキ音のあとに、ガシャンと大きな音が聞こえた。そのあと人の悲鳴が耳に届き目を開いた私は、体の力が抜けていくのを感じた。

「れい……じ」

アスファルトの上に倒れている彼のもとにふらふらと近寄る。急いで行きたいのに体に力が入らないのだ。

その間地面に赤黒い血が広がっていくのを見て、私は駆けだした。

「玲司、玲司。誰か救急車を、早くっ！」

涙があふれてくる。

「玲司、しっかりして」

私の呼びかけにうっすらと目を開いた。そして血に染まった手を、彼を覗き込む私のほうに伸ばしてきた。

しかしそれは私の頬にふれることなく、ばたっと地面に力なく投げ出された。

「いやああああ」

悲鳴をあげた私は、必死になって彼を抱きしめようとする。

「ダメだ、動かすな」

周囲から聞こえてきた声に、私はびくっとして動きを止めた。目の前で倒れている彼を見てもなにもできずに涙を流すことしかできない。

「どうしてこんなことに……」

呟いた私はその理由がわかっていた。私が黙って部屋を出たのが原因なのだと。彼がこんなふうになってしまったのは、私がすべて悪いのだと。

彼の隣で座り込むことしかできない情けない私。

救急車が到着したあと、聞かれたことに答えるのが精いっぱいだった。

その間玲司は、一度も目を開けなかった。

救急車に同乗し、病院に運ばれた頃には、少しは冷静になれていた。お義母さんに連絡し状況の説明をすると、すぐに病院に来てボロボロの私を抱きしめてくれた。

「お義母さん、玲司が……玲司がっ」

「琴葉さん、しっかりして。今手術してるから大丈夫。あの子は強いから」

洋服に玲司の血がついたまま、私は彼の手術が終わるのを待つ。そんな私をお義母さんはずっと支えてくれていた。

玲司、玲司。

私はただ彼の無事を祈ることしかできなかった。頭の中には青い顔でぐったりとした彼の姿が浮かんでくる。

カタカタと震える私の体をお義母さんが強く抱きしめた。

泣いている場合じゃないのはわかっているが、彼のことを思うと涙がとめどなくあふれてくる。

「私を迎えに来ていて、事故に。私のせいで玲司が」

「それは違うわ。さっき玲司が助けた男の子のお母さんから話を聞いたから。玲司のおかげでその子のケガは打撲程度ですんだらしいの。玲司の行いは素晴らしいものよ。琴葉さんが責任を感じるなんて違う。神様はちゃんと見てくれているわ」

たしかに直接的な原因は私にない。だが私が黙って家を飛び出さなければ彼がケガをすることなんてなかったのだ。

やっぱり……私が悪い。

今さら後悔しても遅いのはわかっている。けれど私は自分を責めずにはいられなかった。

長い時間かかった手術が終わり、玲司はＩＣＵへと移動した。私は彼にひと目でも会いたかったのだけれど医師から経過の説明があると言われ部屋に呼ばれる。

お義母さんが同席してくれたのが、本当にありがたかった。自分ひとりでは冷静に話を聞けるとは思えなかったからだ。

医師がレントゲンとＭＲＩの画像を使って説明をしてくれた。

「出血があった頭部ですが、こちらはそう大きな問題はないと思います」

それを聞いてホッとしたのだが、そのあとに私は大きなショックを受ける。

「問題は右脚ですね。歩けなくなる可能性があります」

声も出ず、私は自分の顔を覆ってうつむいた。目の前が真っ暗になった。

「今後の経過次第ですが、かなり状況は厳しいでしょう」

それまで気丈にしていたお義母さんも、ハンカチで目頭を押さえている。

神様はいると思っていたのに。

私たちふたりは、お互いを支え合いながらＩＣＵ近くのベンチで彼の意識が戻るのを待った。

玲司は翌日には一般病棟へ移動できた。

意識は戻ったものの、あちこちから管が伸びていて痛々しい。目を開けて私を見るとふっと表情をほころばせた。

言葉はなかったけれど、私を安心させようとしているのが伝わってくる。

こんなときまで、私のこと考えなくていいのに。そのやさしさに私は自分がどれほど小さな人間なのかと思い知る。

何度だって思う。あのときの私の子どもじみた行動が今この不幸を引き起こしたのだと。なぜ、こんなに私のことを大切にしてくれている彼を信じられなかったのかと。

胸が苦しい。けれど玲司のほうがもっとつらいのだ。私が悲しむわけにはいかない。

泣きそうになるのを我慢して私も笑って見せた。すると点滴が刺さっていないほうの手を彼が私に差し出した。

「手、触ってもいい？」

彼は瞬きでうなずいた。

その手を触って驚く。いつもはすごくあったかくて力強いのに、冷たくて力がない手。彼の状況を理解していたつもりだったが、あらためて彼にどれほどのダメージがあったのか実感した。

私にできるのは、元気づけることくらい。

だから彼の前では絶対に泣かない。それだけ心に強く誓った。

ギュッと握るとちゃんと握り返してくれた。彼は強い人だ。だからきっとこの困難を乗り越えてくれるだろう。

前向きにならなきゃ。自分にできることがなんなのか考えて少しでも彼の力になれることを選んでいかなくちゃ。

言葉はなかったけれど、きっと私の気持ちは伝わっただろう。

看護師さんにそろそろ時間だと言われ、私はうしろ髪ひかれる思いで病室をあとにする。ゆっくり休んで、早く元気になってほしい。

そうすれば今よりもふたりで過ごす時間が増えるはずだ。

私は泣きたくなるのを我慢して、顔を上げて廊下を歩いた。泣く前にできることがある。

まずは家に帰ってご飯をもりもり食べた。お腹がすいている感覚なんてこれっぽっちもなかったけれど、彼は敏《さと》いので私の様子がおかしかったらすぐに気がつく。

私のことで心配かけたくない。だからこそ、彼の前では元気な自分を見せたい。

一番つらかったのは、ひとりでベッドで眠ることだ。これまでは彼の腕の中で眠り、腕の中で目覚めていたのに。冷たくて広いベッドに横たわると自分がどれだけ彼に守られていたのかということを実感する。

にじんだ涙を拭い、私は襲いかかってくる恐怖に耐えながらなんとか眠りについた。

翌日も彼に会いにいった。面会時間は限られているけれど少しでも長い時間彼に会えるように早めに準備をして病院に向かう。

病室の前まできて違和感を持つ。入口にあるはずのネームプレートがない。中に入ってみると玲司の姿がなかった。

廊下に出てそこにいた看護師さんに確認する。

「あのこの部屋にいた小比賀玲司は、どこに移動しましたか?」

「あぁ、小比賀さんなら――」

「私から説明しますから」

言葉を遮ったのは、秘書の尾崎さんだった。

看護師さんは会釈をすると、その場を去って行った。

私は尾崎さんを目の前にして、体が強張った。彼にいい印象がないから仕方ない。警戒心を隠せずに、彼と向き合う。

「今後玲司様の治療は、私共北山が責任を持ちますので、お引き取りください」

「それはどういうことですか? 私は玲司の妻です」

家族なのに、彼を放っておけと言っている。到底納得なんてできない。

「妻とおっしゃいますけど、いったい今のあなたになにができるって言うんですか?」

言い返したいけれど、言葉がでない。たしかに言う通りだから。

明るく前向きに彼を支える。そう決めたけれどそれがどれほど彼の役に立つのかわからない。むしろ私の空回りにすぎない。

自分でも不安に思っていたところを言われて、言い返せない。

「なにもできなくても、妻ですから。彼の病室を教えてください」

そんなことしか言い返せなくて情けない。

「玲司様はもうこの病院にはいません。北山の関連病院に転院しました」

「えっ？　そんな急に？　私そんな話聞いていません」

私は想像もしなかったことに、言葉が続かない。

私に連絡なく転院だなんて、どうしてそんな話になったのだろうか。

「あなたの許可など必要ないですから」

「そんなはずないです」

普通そういう状況であれば、家族の許可がいるはずだ。

「それができてしまうのが、北山なのですよ」

北山グループの力の大きさをあらためて思い知った。

「せめて、病院の場所だけでも教えてください」

私は尾崎さんに縋りつく。みっともなくてもなんでも、玲司の居場所を知るには彼に頼るしかないのだ。

「それはお教えできません。お引き取りください。ここで騒がれたらほかの患者さんの迷惑にもなりますから」

それを言われてしまうと、強く出られない。

ギュッと手を握って悔しさに耐えた。

私がなにも言い返さないのを見て、尾崎さんはその場からいなくなってしまった。

近くのベンチに座って泣きそうになるのを我慢した。深呼吸を繰り返し心を落ち着ける。

このままでは玲司に会えなくなってしまう。なにかいい案がないのか、考えながら病院の外に出た。

身の回りに起こっていることが、非現実的に思えた。つい一昨日まで幸せだったあの日々は幻だったのだろうか。

どんなに前向きでいようとしても、こんな状況では難しい。本当の私はそんなに強い人間じゃないから。

病院を出てとぼとぼ歩きながら、これからどうしたらいいのか考える。このままでは完全に向こうの言いなりになってしまう。

たとえ彼と離れるとしても、せめてちゃんと話をしたい。数日前話を聞かずに飛び出したことを心から後悔している。

玲司……痛みは少しはマシになったかな。点滴は減ったかな。いつになったらご飯食べられるようになるんだろう。許可が下りたら差し入れも持って行きたい。

我慢していたはずの涙が、彼のことを思うとあふれ出した。私はぽたぽたと涙を流して歩き続けた。

なぜ最愛の夫の大変なときに、そばにいることすらできないのだろうか。せめて元気になるまででもいいから、そばにいたいと思う事すら許されないのだろうか。

自分がちっぽけなものだと思い知らされて、情けなくて悔しくて涙が止まらない。

結局私が彼のためにできると思っていた、明るく彼を支えるということは尾崎さんの言葉通り〝なんにもできない〟ということだ。

でもあきらめられない。玲司……せめてケガの状況だけでも知りたい。

どうすれば彼に会えるのかそれをひたすら考えていたとき、私の目の前に一軒のお店が現れた。ショーウィンドウの中には革の小物が並んでいる。どれも素敵で目を奪われた。その中でも一番気になったのはキーケースだった。

現実から逃げ出したくて、ふらふらと店内に入る。狭い店内で商品の数も少しだったが、そのひとつひとつが素人が見てもわかるくらい丁寧な造りだった。

奥にある工房から、五十代くらいの男性が出てくる。

「いらっしゃいませ。気になるものがあれば手にとってくださいね」

にっこりとほほ笑みかけられた私は、さっそくショーウィンドウに飾ってあるキーケースが見たいと男性に告げた。

「どうぞ」

渡されたキーケースはそれほど大きくなく、しっくりと手になじむ。

「革製品のいいところは、使えば使うほど変化するのを楽しめることですね。劣化とは違います。変化なんですよ」

「そうですね」

たしかに色が変わり、普段使っているとますます自分になじんでくる。

「世界中でただひとつの自分だけのものになりますから」

世界中でただひとつのもの。私にとってその言葉が当てはまるのは玲司だった。誰もなにも彼の代わりにはならない。

「それください」

「はい、名入れもできますけど」

「そうなんですか？　じゃあお願いします」

玲司は必ず元気になる。そしてこれに車のキーをつけて私をまたドライブに連れていってくれるはずだ。

「どなたかにプレゼントですか?」

刻印をどうするか決めているときに、店主に聞かれた。

そのときの私は誰かに話を聞いてほしかったのか、これまでの経緯を店主に話しはじめた。見ず知らずの人だからこそ、話ができたのかもしれない。

「夫なんです。でも事故に遭ってしまって。もしかしたら今まで通り歩けなくなるかもしれなくて……」

「そうだったんですか」

店主もいきなり話を聞かされて迷惑だっただろう。しかし私を慰めるようにじっと話を聞いてくれた。

「でも大丈夫です。夫は強い人なので。それに私もほら、できることはなんでもするつもりですから」

バッグから本を数冊取り出す。さきほど病院に行く前に寄った本屋で買ったリハビリの本が数冊入っていた。

「そうですか。それならご主人も心強いですね」

やさしくうなずかれて私は泣きそうになる。

「元気になったら、きっと大好きなドライブに行きたがると思うんです。だからキーケースをプレゼントしようと思って」

「いいアイデアですよ。きっと喜びます」

「そうだといいんですが」

なんとか笑ってみせた。

「心を込めてお作りしますね」

「はい、お願いします」

私は刻印する彼の名前を申込用紙に書き、そのあと住所や名前など必要事項を記入する。

「一点、一点、手造りをしていますので、できあがりまでひと月ほどお時間いただきますが、よろしいでしょうか？」

「はい、お願いします」

彼が早くよくなるようにと願いを込めて、私は革のキーケースをオーダーした。

店を出ると、晴れやかな空が広がっていた。

それまでずっとうつむけていた顔を上げて、気持ちを切り替える。めそめそしていてもなにもはじまらない。

なにかあるたびに落ち込んでしまうけれど、それでも気持ちを整理して前に進むしか今の私にできることはないのだから。

とりあえず自宅に向かって歩いていると、スマートフォンが着信を告げた。急いで画面を確認するとお義母さんの名前が表示されている。

「お義母さん！」

そうだ、お義母さんなら玲司の転院先の病院を知っているかもしれない。私は期待を込めて通話ボタンをタップした。

「お義母さん、あの玲司さんのことなんですけど」

慌てていた私は、いただいた電話にもかかわらず、自分の要件を伝えはじめた。失礼なことだと理解しているが、そんなことを気にしている余裕が私にはなかったのだ。

《琴葉さん。そのことなんだけれど、今からちょっと出てこられるかしら？》

そう言ってお義母さんに言われるまま、指定されたホテルに向かう。玲司のために病院の近くに宿泊しているようだ。

そういえば玲司のことで頭がいっぱいで、お義母さんの滞在先まで気が回らなかった。私はどれだけ至らない嫁なのかと嘆く。

先ほどいた店から三駅離れた場所で、到着までにそう時間はかからなかった。ラウンジなどで話をするわけでなく呼び出されたのは客室だった。そこに滞在しているものだと思っていた私は、身構えもせずに呼び鈴を押した。

《はい》

「琴葉です」

中からお義母さんの声が聞こえた。名乗るとすぐに向こうから鍵の開いた音がする。

「琴葉さん、わざわざごめんなさいね」

「いいえ。あの、それで玲司さんのことなんですが」

私が話を切り出したとき、部屋の中で人の気配があって驚く。てっきりお義母さんひとりがこの部屋にいるのだと思い込んでいた。

そしてそこにいる人を見て、私は声を失った。

――尾崎さん。

なぜ彼がここにいるのだろうと疑問に思う。彼が仕事をこなしているだけだとしても、私にとっては悪い印象しかないので体が強張った。

「中に入って、話をしましょう」

私はお義母さんに促されて、警戒しながら部屋の中に入る。ソファを勧められ座ると尾崎さんがお茶を用意しはじめた。

そのことに違和感を抱く。

お義母さんは私の味方をしてくれるはずだ。それなのになぜ彼がお茶を淹れるなど世話をするのだろう。

こんなのまるで、私だけがよそ者みたいじゃないの。

言いようのない不安に襲われる。しかしここで帰るわけにはいかない。

私が玲司とのつながりを持つためには、どうしてもお義母さんの協力が必要だから。

「ごめんなさいね。こんなところまで呼び出してしまって」

「いえ、かまいません。でもどうして――」

ちらっと視線を尾崎さんに向ける。彼はその視線に気がついている様子だったが、気にも留めずに私たちの前にお茶を置いたあとお義母さんのうしろに立ち静かにこちらを見ていた。

その様子がまるで監視されているかのようで怖い。

「琴葉さん」

私の名前を呼んだお義母さんが、いきなり立ち上がったかと思うとその場にひざまずいた。

「お義母さん？」

驚いた私は声をあげ、その場で立ち上がった。

「琴葉さん、玲司と別れてください」

「えっ」

頭を鈍器で殴られたような衝撃が走る。聞こえているのに反応すらできない。

「玲司の脚の手術、とても難しいものになるの。それができる医師が北山グループの病院にいるの。私はどうしてもその医師に玲司の手術をしてもらいたい」

お義母さんの目からは涙があふれている。

「本来なら、もと通り歩けるようにはならないだろうって。だから一縷の望みにかけたいのよ」

私だって同じ気持ちだ。玲司の脚がもとのようになるならなんだってしたい。その気持ちに嘘偽りはないけれど。

「ど、どうして私が玲司さんと離婚しなくてはいけないんですか？」

その理由は尾崎さんがこの部屋にいることで気がついていた。しかし私はそれでも聞かずにいられない。

「北山の出した条件が、あなたとの離婚なの」

やっぱりそうだったんだ。

どこかそうではないかと思っていたにもかかわらず、ショックをうける。

「あなたと玲司がどれほど思い合っているか、わかっているつもりよ。こんなこと間違っているのはわかっているの」

「だったら、どうして……」

お義母さんだけは味方だと思っていた。その人からも玲司と別れるように言われてしまいひとりで北山家と向き合わなくてはならなくなってしまう。

「玲司は……私の命なの。あの子がいたからここまで生きてこられた。私の命と引き換えにできるならそれさえ厭わない。いくつになってもこの気持ちは変わらないの」

母親の強い気持ちに、心が痛む。

「だから私は、鬼になると決めた。ごめんなさい。あなたを犠牲にするようなことをして」

お義母さんは絨毯の床に頭をすりつけるようにして謝っている。

こんな姿見たくない。

覚悟を持って玲司をおひとりで育てた人。私のこともあたたかく迎えてくれた。北山家の話を聞きに行ったときも、自分の人生に誇りをもっていた。

そんなお義母さんが、私に土下座をしているなんて。苦しくて胸が張り裂けそうだ。

きっと悩みに悩んだ結果、こうするしかなかったのだろう。

私と同じくらい、いやそれ以上に玲司のことを思っている。苦しんでいないはずなどない。それでも覚悟を決めて私に頼んでいるのだ。

こんなのってないよ……。

玲司の一生を盾に取られてしまったら、私の選択肢はひとつしかない。

北山家の意向に沿うことでしか、彼を救えないのだ。

私はその場に倒れ込んで、目をつむる。

お義母さんにこんなことをさせるなんて、北山家のやり方をひどいと思う。でも私が最初から玲司との離婚を受け入れていれば、お義母さんにこんな思いをさせなくてすんだのに。

私が意地を張れば張るほど、傷つく人が増えていく。

そのことが恐ろしくなる。

そもそも玲司が事故にあったのも、私のせいだ。

そう思えば私は彼にとって、疫病神かもしれない。

負の感情が次々に押し寄せてきて私を蝕んでいく。もうこれ以上自分で自分を責めたくない。私は逃げるようにして口を開いた。

「玲司さ……んと」

悔しくて大粒の涙がボロボロと床に落ちていく。

「玲司さんと、離婚します」

私は声を押し殺すために、顔を両手で覆う。

耳に届いてきたのは、お義母さんの悲痛な泣き声だ。

「あああぁ、ごめんなさい。琴葉さん、私を恨んで、一生許さないで」

お義母さんは床に頭をすりつけたまま、声をあげて泣いている。

取り乱し泣き叫ぶ様子に、胸が張り裂けそうだ。

どうしてこんなことに、なってしまったの、玲司。

好きだから彼のためになることなら、なんでもするつもりだった。だからこれが正解なのだと自分に言い聞かせようとする。

しかし心は簡単に納得してくれずに、切り裂かれたような胸の痛みはひどくなるばかりだ。

いつの間にかスーツ姿の女性がやってきて、泣き崩れているお義母さんを部屋の外に連れ出した。

私は絨毯の上に座り込んだまま、ソファに体をもたれかけていた。

もうなにも考えたくない。心が壊れてしまう。

愛することがこんなにつらいなんて、誰が想像できるというの？

とめどなく流れる涙を拭うことすらできない。

しかし放心状態の私に、尾崎さんは追い打ちをかけた。

「すぐにこちらにサインをお願いします」

目の前には離婚届。

「そんな、今ですか？」

「はい。気が変わってもいけませんし、手続きがありますので。それとこちらは今後玲司様や北山家とは関わらないという誓約書です」

「そんなものまで⁉」

驚きで声が大きくなる。

「はい、のちに約束を反故にされても困りますのでね」

なぜこの人はこんなに事務的に話ができるのだろうか。こんなにも人に対して醜い思いを抱いたことはないほど、嫌悪感でいっぱいだ。

私はただ黙ったまま、彼を睨み続ける。

しかしまったく気にも留めていない尾崎さんは、冷酷な表情でもうひとつ私に残酷な依頼をしてきた。

「それと玲司様に宛てた手紙を書いてほしいのです」

「手紙ですか」

私は一瞬お別れの挨拶をさせてもらえるのかと思った。しかしそれは向こうの思惑とは違ったようだ。

「このままでは玲司様は離婚を受け入れないでしょう。あなたから彼が納得できるように一筆こちらに書いてください」

「書くってなにを……」

私は先方がなにを望んでいるのか、わからずに尋ねる。

「下書きはこちらに準備してあります。これを参考に書いてください」

手渡されたのは便箋とボールペン、一枚の紙に書かれた文章だった。そこには『玲司の介護をする一生は嫌だから離婚したい』という趣旨のことが書いてあった。

「私にこんなことまでさせるんですか⁉」

怒りに満ちた叫び声をあげた。今までの人生で感じたことのないような憤りだ。

「そうしていただかなければ、我々の目標が達成できませんので」

なんでもないことのようにして言われた。彼らにとって私は取るに足らない存在なのだと示されているようなものだ。

こんな扱いをされるいわれなどないと思う。けれどそうしなければ玲司が万全の治療を受けられない。

涙を拭って歯を食いしばる。彼らの言う通りにするしか方法がないのだ。

これが私のできる最良の方法。

離婚届が愛の証だなんて、こんなひどいことあるだろうか。

目の前の現実を受け止めることすらできない。それでも私はペンを持ち、離婚届にサインをし、続いて言われた通りの手紙を書く。

悔しくてやるせないけれど、これが玲司にしてあげられる最後のことだ。それがたとえ自分の本心ではないとしても、なにもできないでいるよりはましだろう。

そう自分に言い訳する。

玲司はまたきっと輝かしい未来に向かって歩いていく。その隣にはいられないけれど彼の将来が守れるならそれでいいではないか。

苦しくてつらい、胸が張り裂けそうだ。自分に嘘をつくことがこんなに自分を傷つけるなんて今まで思っていなかった。

最後は……〝愛してる〟の代わりに〝さようなら〟とつづった。

私は便箋を丁寧に折って、封筒に入れる。封をしようとしたところで、尾崎さんにとめられた。

「こちらで内容を確認しますので、そのままで」

「そんなことしなくても、ちゃんと書きましたから」

最後の最後まで信用されていないのだと思い知る。

それでも玲司のためなのだから、ぐっと歯を食いしばって尾崎さんに封をしていない手紙を渡した。

彼はさっと目を通し「結構でしょう」と無表情で告げ、慇懃無礼そのものの態度で私に出ていくように促した。

ばたんと扉が閉じ、廊下に出た瞬間、体の力が抜けた。その場に倒れ込みそうになるのをなんとか耐えて、無心で足を動かした。

人間にある帰巣本能もすてたもんじゃない。気がつけば私は自宅マンションの扉の内側で立っていた。

靴も脱がずにただそこに立っていた。

意識が戻ったような戻っていないような不思議な感覚のまま室内に進む。人感センサーで灯りがついただけなのに、ハッとして玲司の姿を捜してしまった。

馬鹿みたい……もう彼はここには戻ってこないのに。

あらためて〝離婚〟という事実が私に重くのしかかる。たしかにここにあったはずの幸せが、消えてなくなってしまった。

あるのは彼との思い出だけ。ふと部屋を見渡すと、彼の幻みたいなものがあちこちに見えた。

そんなはずなどないのに……。わかっていてもその幻像さえも愛おしく思う。チェストの上には車のキーと壊れたキーホルダーが置かれていて、そこかしこに彼の存在がある。

「玲司、玲司」

ふらふらと歩きながら、寝室に向かいベッドに倒れ込む。大きく息を吸い込んだけれど、玲司の匂いがどんどん感じられなくなっていく。

私の中の玲司も、玲司の中の私も、こうやってなくなっちゃうのかな。

ギュッと胸が締めつけられた。息をするのさえ苦しい。あとどれだけ苦しめば私は普通の生活が送れるようになるのだろうか。

なんとか彼に元気な姿を見せたいと、無理に睡眠も食事もとってきた。しかしもう彼に会えないのだから、それすら必要ないのではと思ってしまう。

「玲司」

彼のためだと自分に納得させる。けれど心はずっと悲鳴をあげ続けていた。

夫婦という唯一で強いつながりが絶たれた今、私はもう彼の特別な存在ではなくなってしまった。

私にとって、玲司がすべてだったんだな。

あらためてなにもなくなった空っぽの自分と向き合う。悲しいのに今は涙すら出ない。じっと天井を見つめてただただ時間がすぎていく、そんな日を数日過ごした。

そして……それから三週間後。

私と玲司の離婚が成立したと、北山の担当弁護士さんから書面が届いた。

「これで、本当に終わったんだ」

そのときの私は、身も心もぼろぼろで、住んでいたマンションやそのほかのことをお義母さんに託して、彼の気配のないところへ逃げ出した。

＊　＊　＊

忘れたいと思っているのに、この四年ことあるごとに私は彼との思い出を引っ張り出して生きてきた。

そうして幸せと悲しみの両方を胸に抱いて、日常を送っていたのだ。

なぜ今ごろになって彼が目の前に現れてしまったのだろう。手の届かないところにいるから我慢ができた。それなのにすぐそこに彼がいる現実に、私の心はいつまで耐えられるのだろうか。

いや、耐えなければいけない。できないなら今の生活を捨てて別の場所で暮らすだけだ。

自分がこれからどうなっていくのか怖いとさえ思う。

けれど彼と再会できてよかったこともある。

それは彼が以前と変わらない様子で日常生活を送っていることを知れたことだ。彼が今ちゃんと歩けているのは、間違いなく北山の力だから、私のやったことは無駄にはならなかったのだ。

彼の颯爽と歩く姿を見たときに、思わず泣きそうになってしまってあわててうつむいてごまかした。そのときばかりは、心からあのときの自分を褒めた。

「はぁ、そろそろ起きなきゃ」

手元のスマートフォンで時間を確認した私は、大きく伸びをしてベッドを下りた。

食事をすませ身支度を整える。仕上げにチェストの引き出しを開けてジュエリーボックスの中から今日つけるピアスを選んだ。

その隣に伏せておいてある写真立てに、手を伸ばし触れようとしてやめる。

「さて、頑張ろう」

自分で自分をふるいたたせてから、家を出た。

第三章　恋敵

いつもの毎日。はたらから見たらそう見えるに違いないけれど、私の中で色々なことが大きく変化しつつあった。

梅雨があけ夏本番。まだ朝早い時間にもかかわらず、通勤途中にセミの鳴き声が聞こえてきた。

空調が効いている室内に入ると、生き返るようだ。

今日も一番のりで職場に到着して、掃除からはじめる。あっという間にみんな出勤してきて活気があふれる。徐々ににぎやかになっていくにつれて頭が仕事にきりかわっていく気がする。

始業時刻が過ぎて、目の前にある仕事をこなしていく。途中であちこちから声がかかり時間はあっという間に過ぎていく。

「お疲れ様」

近くから声をかけられて、パソコンの画面から顔を上げる。

そこには玲司――いや社長が立っていた。

「お疲れ様です。社長」

まだ彼がこの会社にいるのに慣れないと思いながら、私が返事をすると同時に、彼は私の隣に座ってノートパソコンを立ち上げた。

「ちょっと聞きたいことがあるんだ」

「え、あの。言ってくださったら私が社長室まで参りますので」

なぜ社長である玲司がここに座るのだろうか。

「君が人気者だから、独り占めしたらみんなの仕事がはかどらなくなる」

「人気者って……そんなわけないじゃないですか」

「俺がここにいたほうが効率的でもあるし」

「だからってここに座らなくても」

思わず心の声が漏れてしまう。

「わが社は席は決まってないだろ。どこに座っても問題ないはずだ」

「それは社員の話であって、社長はちゃんとご自分のデスクがあるでしょう？」

「固いこと言うなよ、たまにはいいだろう」

結局私の忠告など聞く気もないようで、さっさと仕事をはじめた。上司である社長がいいと言っているものを、いつまでも私があれこれ言う立場にない。

隣に座りいくつか疑問点を上げていく。仕事の話になり頭をすぐに切り替える。

「以前この会社に入れているシステムだけど、担当は誰かな?」

「営業が君塚さんで、技術はたしか――」

「なるほど、ふたりとも今はここにはいないみたいだから、あとで話が聞きたいな」

私はすぐに三人の予定を確認して、時間の調整をする。

「ふたりには今確認しましたので、調整でき次第スケジュールに反映させておきます」

「有能な右腕がいて助かるよ」

彼との距離をとるために、無邪気に喜ぶべきじゃないと思う。

でも笑顔を浮かべて褒められると、単純な私はうれしくなってしまう。

そういえば昔から、私を褒めるの上手だったよね。お義母さん直伝の肉じゃがもちょっと失敗しても〝味が斬新〟って言って食べてくれたし。

そこまで考えてハッとした。

気が緩むとつい昔のことを思い出してしまう。自分から彼とはこの会社ではじめて会ったという設定を言いだしているのに、失敗してしまいそうだ。

なるべく距離を取りたいと思っているにもかかわらず、なんで彼は私の隣に座っているんだろう。

それとなく社長室に戻るように促してみる。

「社長がここにいたら、みんな働きづらいんじゃないですか？」

真面目に働く社員ばかりだし、上司や先輩とも楽しく会話をしながら仕事をする職場だ。

しかし社長となると話は違ってくるのではないだろうか。しかも彼はまだこの会社の社長に就任してまもなく二カ月といったところだ。おそらくみんな気を遣うに違いない。

「そう、そんなふうには俺は思わないけど」

彼がそう言ったタイミングで、営業部の社員が近づいてきた。

「社長、今お時間よろしいでしょうか？」

「はい、どうぞ」

軽く返事をすると、すぐに体を社員のほうへ向けて相手の持ってきたノートパソコンの画面を一緒に覗き込んでいる。

「この間よりもすごくよくなってる。このままでも十分だとは思うけどここをもう少し掘り下げておいたほうがいい。あとは口頭で補足するほうが先方に伝わりやすい」

「なるほど、ありがとうございます」

最初は難しい顔をしていた社員の顔が、明るく輝く。

「いや、本当にすごくよくできている。結果期待してるから」

玲司が軽く背中を叩くと、シャキッと背筋を伸ばした。気合は十分のようだ。

「はい、頑張ってきます」

社員はそのままノートパソコンを持って、客先へ出向いた。

そのあとも入れ替わり立ち代わり、次々と色々な人が彼のもとにやって来た。昔から偉ぶった様子はなかったが、北山の姓を名乗り跡を継ぐことになっても変わっていないようだ。

ひとしきり仕事を終えたのか、玲司が大きく伸びをする。

「ここに来られる日は限られているから、効率よく物事を進めるためにはみんなの中で仕事をするのが一番いい」

先ほどまでの社員の様子を見ていると、彼の言うこともうなずける。

「それに君の隣で仕事をすると捗るんだ」

「急になにを言いだすんですか？」

軽口だとしてもドキッとしてしまう。

「それはそうだろう。好きな子の前だと張り切るのは男の性《さが》だ」

私にしか聞こえない小さな声だった。しかし周囲に聞かれていないかひやひやしてしまう。

「冗談だとしてもやめてください。誤解をうけます」

「俺は問題ないけど」

「私は問題大ありです」

お互いにパソコンの画面に視線を向けたまま、かちゃかちゃキーボードの音をさせながら言い合う。

周囲からはふたりが話をしているとは思っていないだろう。実際はずっとぽんぽんと言い合いをしている。

「仕方ないだろう。こうでもしないと、君と話をする機会がなかなかない」

「それは――」

暗に彼を避けているのを指摘されたような気がして気まずい。これまでの自分の行動を顧みるとそう言われても仕方がない。

食事会や接待などでは同席するが、プライベートの誘いはコーヒー一杯でも断っている。そこまでかたくなに断る必要はないとは自分でも思うけれど、そこをあやふやにしてしまうと、ずるずると引きずられてしまいそうだ。

だって仕事をしているだけでも、すごく楽しいんだもの。

彼と過ごす時間は、たとえ仕事中だとしても時間があっという間に過ぎる。私の伝えたいことも、彼の言いたいこともお互いすぐに理解できる。ほかの誰ともこんなに通じ合うことがない。

だからこそ、適切な距離を保つために気は抜けないのだ。

言い訳できずに、そのまま黙り込んでしまった。彼にこの理由を説明するわけにはいかない。

そんな気まずい雰囲気が流れるかと思った矢先、君塚が騒がしく向こうから歩いてきた。

「琴葉〜飯いくで。ほらこないだ約束してたやろ。吉峰のスペシャル海鮮丼」

「そうだった、やったー。ちょうどお腹がすいていたところなんだよね」

時計を確認すると、ランチの時間だ。昼休憩も各自が自由にとるので、少し早めだが問題ない。吉峰という定食屋は会社から近いのだが、オフィス街にあるので昼は混雑する。それを見越して少し早めに誘いに来たみたいだ。

仕事もある程度落ち着いていたので、財布とスマートフォンを持ち立ち上がる。

「お昼行ってきます」

ふと視線を感じて顔を向けると、こちらを見ている玲司と目が合った。何かモノ言いたそうだったのが気になったが、早くしろと焦らせる君塚に続いてフロアを出た。

「暑いっ。日傘持ってくればよかった」

強烈な日差しに照らされて、じりじりと肌が焼けるようだ。

「そんなんすぐそこやから、じゃまくさいやろ」

君塚らしい言い方に笑ってしまった。こういう単純なところに救われる機会も多い。

見かけははきはきしているように見えるらしい私だが、実はうじうじ色々と悩んでしまう。

そんなとき羨ましくなってしまうのだ。

「ほら、言うてる間に着いた」

すぐそこには店が見えている。

「こら琴葉ぐずぐずすな。急げ」

小走りになった君塚に必死になってついていく。この気を遣わない感じが一緒にいて心地よい。

暖簾をくぐると「いらっしゃいませ〜」という元気な声が聞こえてきた。

「おばちゃん、スペシャル海鮮丼ふたつな」

「はいよ〜」

店に入るなり注文まですませた。せっかちの君塚らしい。

席に座ると、冷たいお茶とおしぼりが運ばれてきた。

ほんの数メートル走っただけなのに、冷たいお茶がすごくおいしい。

「連れてくるの遅くなって、悪かったな」

「ううん。最近君塚も忙しそうだもんね。あ、契約おめでとう」

成約したときにも伝えたが、もう一度ねぎらっておく。

私も社長補佐をするようになってバタバタしていたが、君塚も似たような感じだった。前社長は自ら営業もこなし自分の担当顧客を持っていた。しかし玲司はほかの会社との掛け持ちなのでライエッセでは社長業に専念している。

だからもともとの中野社長の顧客を、まるまる君塚が引き継いだのだ。そう件数が多くなくても中野社長と直接やりとりをしていた人たちだ。同じくらいの仕事を求められて大変だろう。

「まぁ、やりがいはあるけどな。また仕事がおもろくなってきたところ」

君塚は逆境に強い。困難なときほど笑っているタイプだ。

そうこうしていると、目の前に海鮮丼が置かれた。その日の店主の気分で内容が変わるのだが、いつ来てもやりすぎ感が否めない。毎日数量限定のスペシャル海鮮丼にありつけてありがたい。

「いただきます」

手を合わせてさっそくほおばる。ぷりぷりのカンパチの刺身は、この時季のぜいたくだ。

そのほかもすごくおいしい。かなりの量だけれど私は夢中になって食べた。

「北山社長とずいぶん仲良いみたいやな」

「えっ……ごほっ、ごほっ」

いきなり驚く質問をぶつけられて、むせてしまった。急いでお茶を飲んでことなきをえる。

「そんなことないよ。ほらわりと誰にでもフレンドリーじゃない？」

「まぁ、そうだよな」

「君塚から見て、新しい社長はどう？」

彼も私と同じ時期に入社して、中野社長の仕事を近くで見て兄のように慕っていた。

「北山のおぼっちゃんやと思てたのに、めちゃくちゃ仕事ができて驚いてる。知識量も半端ないし、そもそも一度見たり聞いたりしたことは覚えてしまうみたいやな。おそろし」

わざとおちゃらけて怖がって見せているが、その言い方から尊敬が伝わってきた。

「君塚が人を褒めるってめずらしいね」

彼はいつも〝俺が一番だ〟って言っているタイプだ。

「イケメンで仕事もできるなんて、久々に俺のライバル登場って感じやな」

相変わらずな言い方に笑ってしまう。

「ライバルって、相手は社長だよ」

経営者と張り合っても仕方がないのでは？

「相手に不足はない。いろんな意味でライバルになりそうや」

ごはんをめいっぱいほおばりながら、自信に満ちたセリフを吐く。まるで小学生みたいだ。

「どういう意味？」

子どもっぽいなと思う反面、これが君塚のいいところだ。

「お前は知らなくていいんだよっと」

「あっ」

油断していたら私の丼にのっていたトロが、君塚に盗まれた。

「もう！　最後に食べようと思っていたのに」

「早く食べないのが悪い」

悪びれもなくそう言われて、私は怒る気力も失せた。

君塚との付き合いもずいぶん長くなったな。

彼との出会いは、四年前。ライエッセの中途採用試験の最終面接のときからだ。それからずっと営業と事務。職種は違うとはいえ励まし合って一緒に頑張ってきた。戦友という表現がぴったりの相手だ。

君塚とは男女の性別関係なく、これまでずっと仲良くしてきた。一緒にいて楽な相手のひとりだ。

少々自信過剰なところもあるけれど、そこそこイケメンで女性にモテるし、男性にも人気がある。

私がこの会社でやってこられたのも、君塚と春香ふたりの同期のおかげだ。

「君塚は社長のこと認めてるんだね」

「悔しいけどな、あんな一流の人間と一緒に働けることをうれしいとさえ思うわ」

超高評価に思わず「そうでしょ？」と思ってしまう。四年前、以前の会社でも最年少アナリストとして会社を背負っていくような人だったんだから。彼は、どこにいってもどんな立場でも結果を残す人だ。

そこで気がついてしまった。

なぜ私がこんなにも玲司のことを自慢に思っているの？　他人なのに。

慌てて自分で自分に突っ込んだ。

「琴葉、どないしてん？」

ひとりで考えこんでいたところ、君塚が顔を覗き込んできた。

「え、なんでもない。でも最初はどうなるかと思っていたけど、なんだかんだみんなとうまくいっているみたいでよかった」

「琴葉はどうなん？」

「ん？」

急に話を振られて反応が遅れた。

「琴葉はどう思ってるんや。社長のこと」

「どうって……みんなと一緒だよ」

それ以外どう答えたらいいのかわからない。元夫婦なのでやりづらいなんて、あの頃を思い出してときどき胸が痛いなんて、口が裂けても言えない。

「そっか、急に秘書みたいなことやらされてたから、大変そうやと思てたんや」

「たしかに業務量は増えたけど。社長は割となんでも自分でなさるのでそこまで困ってないよ」

「それならええんや。まぁ、愚痴ぐらい聞いてやるから。なんなら今度飯でも──」

話の途中だったけれど、ふと壁にかかっている時計を見ると午後の社内打ち合わせの時間が迫っていた。

「あ～もうこんな時間！　帰りにコンビニに寄りたかったのに、急がなきゃ」

私はスペシャル海鮮丼をありがたく味わいつつ、急いで口に運んだ。

「ん？　なにか言いかけたよね。ごめん」

「あ～まあええわ。ほら、はよ食えや」

呆れた様子の君塚に見られながら、私は海鮮丼を食べきった。

数日後、私はいつの間にか社長室に設置された私専用のデスクで仕事をしていた。必要ないと固辞しようとしたけれど、実際あれば仕事の効率が上がるので意地を張らずに受け入れた。

「琴葉、これ手配を頼む。あとこの案件の仕様書を確認したいから担当者呼んでもらえる？」

「はい、かしこまりました。あと、私の名前は鳴滝ですから、気をつけてください」

「別にいいだろ。誰もいないんだし」

「そういう問題じゃないんです。けじめはしっかりつけてください」

私の抗議に玲司は不満げに返事をする。

「ほかの社員がよくて、俺がダメな理由は？」

「え。だってそれは――」

「君塚くんだって君を名前で呼んでるだろう」

まさかここでそんな話が出てくるとは思わなかった。

「彼は同期ですから、社長とは立場が違います。いくらうちの会社がわりとフラットな関係の会社でも上下関係は大切にしてください」

言わなくてもわかりそうなものなのに。

「社長なんて損だな」

パソコンの画面を眺めながら、不満げにこぼしている。損得は関係ないと思うのだけれど反論すると墓穴を掘りそうなので、黙っておく。

「じゃあ鳴滝さん、今日食事にでも行かないか？」

「遠慮しておきます」

即答すると、玲司はますます不満げな顔をする。

「なぜ？　この間君塚くんとは行っていただろう」

また君塚の話を持ち出してきた。今日はどうしたというのだろうか。

「あれは急ぎの仕事を手伝ったお礼に――」

「それなら、俺だって君にお礼をしないといけないだろう。さんざん仕事を手伝わせているんだから」

「さっきも言いましたけど、立場というものがありますよね」

どうにかわかってほしくて、もう一度先ほどと同じような説明をする。

しかしここで彼は切り札を出してきた。

「中野社長とは〝さし飲み〟していたみたいじゃないか」

「あっ……」

これまでは君塚と比較していたのでなんとかなっていたが、中野社長の話を持ち出されると言い訳できない。

そんなことまで引き継ぎしていたなんて。

玲司が勝ち誇ったような顔をしているのは、気のせいだろうか。

「君に断られると、キャンセルされる店に迷惑が掛かるが、仕方ないな」

「もう予約までしてるんですか？」

その用意周到さに呆れながら、きっと私がなにを言っても食事に連れていくつもりだったのだと知る。

これまで数回断って成功していたのは、単に彼が本気でなかったからだろう。すっかり油断していた。彼は昔から自分が決めたことはやり遂げる人だった。

店に迷惑がかかると言われると、ますます断りづらい。

私がどうやれば従うのか完全に理解している彼が、追い打ちをかけてくる。

「単純に部下をねぎらいたいだけなのに、こんなにかたくなに断られるとは心外だな」

その言い方だと私が変なふうに意識しているみたいだ。

矢継ぎ早に攻撃された私は白旗を上げるしかなかった。

「お食事、ご一緒させてください」

「そうか、うれしいよ」

玲司は満足げに勝者の笑みを浮かべていた。

そしてその日の仕事終わり。

私は玲司と一緒に、会社から二駅ほど離れた場所にあるイタリアンレストランにいた。看板の出ていない小さな店だった。ほかのお客さんの様子を感じることなく個室に案内された。

室内の調度品や、接客態度から高級店だとうかがい知れた。部下の日ごろの頑張りをねぎらうには少し大げさだと思うけれど、せっかくなので厚意に甘える。

ちらっと北山家と交わした誓約書が脳裏に浮かんだけれど、これはあくまでも仕事の一環にすぎない。上司とのコミュニケーションは大切にするべきだ。

自分に言い訳をしていると向かいに座った彼に声をかけられてハッとする。

「料理は適当に頼んでおいた。最初はスパークリングワイン？　それとも白にする？」

好みを把握している彼に任せておけば間違いない。その点においてはほかの人と食事に行くよりも楽だ。

結局最初はスパークリングワインを飲もうと注文をすませると、個室にふたりきりになる。仕事中は社長室にふたりでいることも多いのだけれど、職場じゃない場所でこんなふうにふたりきりで向かい合って座っていると、なんだかソワソワしてしまう。

しかし相手に知られたくないので、できるだけいつもと変わらないようにふるまう。

飲み物が運ばれてきて、ふたりでグラスを持った。

「いつも手伝ってくれてありがとう」

「いえ、仕事なので」

お礼を言われているのに、かわいくない言い方をしてしまった。本当はもっと言い方があるんだろうけれど、彼に対してはかたくななくらいがちょうどいい。

そうしなければ、しっかりと距離を保てない気がするのだ。

すべて自分の中の問題だ。彼には関係ないので、少し申し訳ない気もする。

「ここまで問題なくやってこられたのは、間違いなく琴葉のおかげだ」

私のぶっきらぼうな態度にも、彼は気にした様子もない。再会してからいつも思う。自分だけが彼をすごく意識してることを。

彼が自分をどう思っているのか、知りたいけれど知りたくない。知るのが怖くて、必死になって彼から距離を取っている。

けれどこうやってふたりで食事をすることを、受け入れてしまっている。というよりも、今この時間を楽しんでいる自分がいる。

「琴葉って」

「会社では我慢しているんだから、プライベートな時間くらいいいだろう。君が言っていた公私の区別だ」

そう言われると、その通りなのでそれ以上なにも言えない。さっき仕事の一環だと割り切ったはずなのに。

「琴葉は俺のこと、玲司って呼ぶ気はないのか?」

私はどういう意味なのかはかりかねて、視線で彼に尋ねる。

「琴葉は必死に逃げようとしているけれど、俺はこのままの距離感で終わらせるつもりはない」

彼の言葉にドキッとしてしまう。私はどういう反応をするべきなのかわからずに目を泳がせた。

「もう一度、俺のことを〝玲司〟って呼んでほしい。俺がこんなふうに思うのは琴葉に対してだけだ」

真剣な目で射抜かれて、私の胸はどうしようもないくらい高鳴った。

ふと、はじめて彼を名前で呼んだ日のことを思い出した。彼は仲良くなってすぐに私のことを〝琴葉〟と呼んだが、私はなかなか彼の名前を呼べずにいた。

あれはふたりで過ごすはじめての彼の誕生日。プレゼントのマフラーを渡したあと『名前を呼んで』と言われて緊張しながら彼を名前で呼んだ。

そのときの甘くてドキドキした感情を思い出した。なにげない日常でもとても幸せだったのだと今もそう思う。

けれどその感情を、私はもう一度味わいたいと思ってはいけない。北山家との約束もある上に、理由があったとしても彼を傷つけた私にはその資格はないのだ。

甘い思い出が、今の自分を苦しめる。

「はい」とも「いいえ」とも言わない私に〝社長〟はそれ以上を求めなかった。

「そんな困った顔するなよ。とりあえず俺はまた琴葉のかわいい声で名前を呼んでもらいたいと思っている。それは覚えておいて」

彼が言い切ったタイミングで食事が運ばれてきた。

正直助かったと思う。まっすぐに彼に見つめられると、自分を保つ自信がない。

「困らせたいわけじゃない。とりあえず、俺がそういう気持ちでいるってことを忘れないでいてほしい。宣戦布告だな」

にっこりと笑う彼は、これ以上になると私が困ることを察知して今日のところはひいてくれた。

それもまた彼のやさしさだと思う。

ダメだってわかっていても、それでもやはり気持ちは揺れ動いた。

「琴葉の好きなライスコロッケ、特別に作ってもらってるから楽しみにしていて」

「本当に？　ありがとう」

笑って返したけれど、そんな些細なことを覚えていてくれてうれしいと思う。そんな〝うれしい〟の積み重ねが、今後自分にどんな影響を及ぼすのか考えるだけでも恐ろしい。

考えたってしょうがない。そうならないように気持ちを強くもつしか方法はない。

私は開き直りに似た感情のまま、目の前の豪華な食事に向き合った。

「どれもおいしそう。いただきます」

私は元気よく手を合わせると、目の前に並ぶ料理に手をつける。

「おいしい!」

昔からお店を選ぶセンスが抜群の彼が連れてきてくれた店だ。はずれなはずない。

私はこれ以上考えても仕方のないことを放棄して、今は食事に集中することにした。

それから数週間。

八月に入りみんなが夏休みをいつにするのか相談しはじめた頃だった。

社内に歓喜の声が巻き起こった。

「『有浜《ありはま》建設グループ』の基幹システムの契約が取れたって」

営業からの電話を受けた春香が、フロアに響く声で朗報を告げる。

「本当に⁉　君塚が『どうせ負け戦や！』なんて言っていたのに」

「それがプレゼンで大逆転したみたいよ」

創立以来の大きな契約に、みんなが笑顔で喜び合っている。

これまでうちが担当してきた案件と比較すると、かなり大規模な仕事になりそうだ。

そして間違いなく会社が大きく成長する一歩になる。

「はぁ、すごいね。もうすぐ帰って来るかな」

プレゼンの結果が出てすぐに連絡をくれたようだ。有浜建設の本社とうちの会社はそこまで離れていない。

「早くおめでとうって言ってあげたいね」

春香の言葉に、私もはやる気持ちを抑えきれずに笑顔でうなずいた。

私の予想通り、電話で一報があってから一時間もしないうちに、君塚と同行していた玲司がフロアに戻って来た。

「あ、帰って来た」

一番に気がついた春香の声に、フロアのみんなが立ち上がり拍手でふたりを迎えた。

「おかえりなさい。おめでとう」

声をかけると君塚も玲司も少しはにかんだ顔を見せていた。

「すでに周知の通り、難しいと言われていた有浜建設の契約を君塚くんがとってきた。みんな拍手でねぎらおう」

玲司の言葉に、フロアの拍手の音がひときわ大きくなる。

君塚はどこか落ち着きなさそうに、頭をかきながら「おおきに」とひと言お礼を言うにとどまった。

その態度になんとなく違和感を覚える。

いつもの彼なら、胸をはって「俺を褒めろ」といわんばかりの態度をするのに、今日はなんだかその勢いがなかった。

どうしたんだろう。

私の勘違いかもしれない。けれどなんとなくもやもやした私は、社内の祝福ムードが収まった頃フロアの外に出て行った君塚を追いかけた。

自販機のあるリフレッシュブースに彼はいた。飲み物を飲むでもなく、ポケットに手をいれたまま窓の外をながめていた。

「なに飲むの？」

私の声に振り向いた君塚は「ブラック」と答えてまた視線を窓の外に移す。

私は君塚の分のコーヒーと、自分の分の紅茶を買うと彼の隣に立った。

「はい、これ。今日のご褒美」

私の差し出した缶コーヒーを君塚は難しい顔をしながら受け取った。

「ご褒美なぁ」

なんだか納得していないようだ。

「どうかしたの？ あんまり喜んでいないようだけど」

周囲の喜びと君塚のそれに、ひどく温度差を感じる。

彼はため息をついて、それから重い口を開いた。

「今日のあの契約、俺じゃないんや」

「え、どういう意味？」

有浜建設は、中野社長から君塚が引き継いだ会社だ。しかし規模の大きさからやっと話を聞いてくれるようになった程度で、契約に結びつくまではまだまだだと、誰もが思っていた。

しかし君塚はそんな中でも、かなり相手を研究してしっかりとした提案をしているように思っていたのだが。

「違うねん、たしかに俺も頑張った。でも最後の社長のひと押しが今回の契約に至った理由や」

握りしめられたコーヒー缶がへこんでいる。

「そんなはずないじゃない」

君塚が努力していたのを知っている私は、彼の言葉を否定した。

「今回のプレゼン、俺が〝負け戦や〟って言ったの覚えとるか？」

「うん、言ってたね」

たしかに冗談っぽく、言っていたのを覚えている。

「だけど、あの人――北山社長は違った。最初から勝つつもりで今日のプレゼンにいどんでた。相手の疑問に思うところ、食いついてきそうなところ、全部計算ずくやったんや」

君塚は悔しそうに唇を噛んでいる。

こんなふうに落ち込む彼を見るのは、入社以来はじめてのことでどう言葉をかければいいのかわからないでいた。

「たしかに北山の御曹司っていう肩書きがプラスに働いているのもある。だけどあの人うちの会社の強みも弱みもすでにもう完璧に把握してるんや。それでいて相手やライバルの分析もぬかりない。ほんまもんの、すごい人なんや」

いつも自信に満ちあふれている君塚。そんな彼をここまで悔しがらせるのが、北山玲司という男なのだ。

「俺、今めちゃくちゃ悔しい」

「そっか。そうだよね」

彼の言う通りあまりにもできすぎる人の近くにいたら、自分への劣等感を強くもってしまう。種類は違っても、私も〝北山玲司〟という相手に、劣等感を持った仲間だ。

相手のすごさと、自分の至らなさに耐えられなくなる。

玲司にとっては早く結果を出したい一心だったに違いない。北山グループでこのライエッセがお荷物になると判断されたらすぐに切られる可能性だってあるのだ。

「あらためてやっぱりすごい人なんだね。でもね、君塚が頑張っていたのも私は知ってるから、そんなに自分に厳しくしないで」

私の言葉に君塚はゆっくりうなずいた。

「自信満々の君塚じゃないと、調子くるっちゃうから。それ飲んで帰ってくるときには元気出しておいてね」

気持ちを整理するには、もう少し時間が必要だろう。

私はそのまま休憩ブースを出てフロアに戻った。

そしてそのとき感じたことに愕然とする。私自身もまだ北山家に対する劣等感を持っていると気がついたのだ。

そのあと、外出を終えた私は帰りに会社近くのカフェでコーヒーを買って帰った。

そしてそのまま、短い打ち合わせをするために社長室に向かう。

「失礼します」

「悪いこのメールだけ返信させて」

「はい」

キーボードのリズミカルな音が室内に響いている。

玲司はパソコンから顔を上げて、私に視線を向けた。

「待たせたな。悪い」

「本日のご契約、おめでとうございます」

そう言いながら差し出したのは、先ほどカフェで買ったコーヒーだ。

「ありがとう。でも頑張ったのは君塚くんだからな」

そう言うけれど、君塚の話では玲司の力が大きかったと言っていた。そんなところも彼らしい。

「あぁ、懐かしいな。ここのコーヒーよくふたりで飲んだな」

彼もまた昔の思い出として覚えていたようだ。

「好みが変わってなければいいんですけど」

私が知っている頃の彼とは立場が違う。食の好みも変わっているかもしれないと思いつつ、結局昔よく頼んでいたものを選んだ。

「俺の好きなもの、覚えていてくれてうれしいよ」

実際そうなのだけれど、指摘されるとなんだか恥ずかしい。

「どこにでもあるチェーン店のカフェですし、たまたま選んだだけです」

「そういうことにしておくか」

彼は笑いながら、コーヒーを飲んでいる。少しはリラックスできただろうか。思わず様子をうかがってしまう。

「久しぶりにすごくうまいコーヒーだ」

柔らかく笑う彼を見て、迷ったけれどやっぱり買ってよかったと思った。あまり関わらないようにしているけれど、それでも今日みたいな日は、ちゃんとおめでとうと言いたい。

やっぱり彼の笑顔を見るのが、私は好きなのだ。

しかしゆっくり話をしている時間はない。たしか玲司はこのあと北山グループでの仕事があると聞いている。

「では、いくつか確認したいことがあるのでよろしいでしょうか？」

手に持っていたタブレットを立ち上げて、仕事を進める。

「ここだけ気になるから、注意しておいて。しかしよく気がついたな」

「もう四年この会社で働いているので、褒められるようなことではないですよ」

私がやっている仕事は、言ってしまえば誰にでもできる仕事だ。だからこそ慣れと効率が大事になってくる。

「いや、その気遣いがみんなを支えてるんだろ。これからも頼むな」

「はい……ありがとうございます」

彼とは会社は一緒だったが、こんな形で一緒に働くのは考えてみればはじめてのことだった。

できる人のそばで仕事をするのは、本当に勉強になる。

中野社長からも学ぶことが多かったが、社長が交代してまた社内が活気づいてきた。

「あとこれは俺の個人的な意見だけど、琴葉と働くのは楽しいよ」

ふいにそんなことを言われて、どう答えていいのか咄嗟に思いつかない。

「あの、えーっと。失礼します」

結局逃げるようにして社長室から出た。廊下を歩いていて気づく。

「〝琴葉〟じゃなくて〝鳴滝〟なのに」

自分でもつまらないことに、こだわっていると思う。でもそれが私の中でけじめのようなものになりつつあった。

オフィスに戻り、席を外していた間に新たに増えたファイルやら資料を横に避けつつ作業できるスペースを確保する。

フリーアドレスなので、なんとか今日中に仕事を片付けないと。このまま放置して帰るわけにはいかない。

カットソーを腕まくりして早速作業に取り掛かる。

しかしやりはじめてすぐに隣には春香がやってきた。片付けたばかりのデスクの上にチョコレートをふたつ置いた。

「え、これ。どこで買ったの？　朝、コンビニで探したけどなかったの」

「見つけたときに、琴葉は絶対に喜ぶと思った」

春香はちょっと誇らしげに胸を張った。さすが四年の付き合いともなると、私がコンビニの新作に目がないのを知っている。

「え〜うれしい。ありがとう」

「いいえ、いいえ、どういたしまして。その代わり……ちょっとこれ、手伝ってくれない？」

ノートパソコンの画面にはたくさんの数字が並んでいる。たしかに春香の苦手な作業だ。

「わかった。それ一度サーバに保存して。私が引き受けるわ」

「ありがとう、やっぱり琴葉は最高！　じゃあ代わりに私はこっちをもらっていくね」

春香は私の苦手な分野の仕事をさっと引き取ってくれた。やっぱり持つべきものは互いを理解する同期だ。

私の隣に座ったまま、仕事をはじめる。

「なんだか北山社長に交代してから、仕事のスピードが加速したね」

春香の言葉をどうとっていいのか、わからなかった私は真意を尋ねた。

「それは春香にとって、大変になったってこと？」

「もちろんそれはそうだけど、気持ちはものすごく前向きなんだよね。今からどんなふうに変わっていくのか、わくわくする」

「それはわかるような気がする」

中野社長のときだって、仕事は大変だったけど楽しかった。けれど今のような高揚感をもって仕事をしていたわけじゃない。

「有浜建設の仕事が軌道に乗れば、北山グループ内でうちの会社を使うのを渋っている人たちを黙らせるには十分よね。そうすればうちの会社の価値を認めさせることができる。北山グループの傘下に入るとしても価値のない会社だなんて言わせたくないもの」

現社長が会社を引き継ぐとなったとき、北山グループの傘下に入るのに反対した役員がいたらしい。現在ライエッセは北山グループの次期代表が社長をしているものの、北山の傘下には入っていない。

春香にとってはそれが不満だったようだ。

「別に北山の名前が欲しいんじゃないの。私たちの会社を認めてほしいだけ」

「わかる、わかるよ」

北山のような大企業から見ると、ライエッセはまだまだ小さな会社だ。だけれど高い技術力と可能性を秘めていると、私たち社員は信じている。

「最初お飾りの社長なのかな、なんて思っていたの謝らなきゃ。ちゃんとうちの会社のことを考えてくれているもんね」

「うん、私もそう思う。北山のほうの仕事もかなり大変みたいなんだけど、それでもうちの会社の仕事も手を抜いてないのがわかるもの」

本当にすごい人なんだよ、昔からずっと。

一緒に働いていると、どうしたって彼のすごさを実感する。

過去に私が悲しい思いをした事実は消えないけれど、でもだからこそ今の彼がいると思うと誇らしかった。あの日、私は彼の未来を守れたのだと。

しかしそれと同時に、どうしようもなく彼に惹かれる自分がいる。

そのたびに最後に見たお義母さんの悲痛な顔が思い浮かぶ。すると自分のこの気持ちが罪悪感に変わる。

私はあのとき、自分の気持ちと引き換えに彼を守った。だからこんな気持ちは決して抱いてはいけないのだと。

「琴葉、聞いてる？」

「あ、ごめん。新作のチョコのこと考えてた」

ごまかすために適当なことを言う。

「もう、食いしん坊なんだから」

春香に肘でつつかれつつ、笑ってみせる。

今だって十分幸せなんだから、これ以上を求めるべきじゃない。そう自分に言い聞かせた。

残暑の厳しい九月。暦の上では秋だというけれど、夜になっても蒸し暑さは健在だ。

そんな中、私が玲司と一緒にタクシーに乗って向かっているのは都内にある料亭だ。相手はライエッセ創業当時からの顧客で、私もよく知っている取引先だ。

ここもわが社と同様、社長が交代した。先代が息子に社長の座を譲ったのだ。それが半年ほど前の話で、新しい社長とは私ははじめて会う。

本来は営業担当の君塚が参加する予定だったが、彼は京都に急な出張に出ることになって、代わりに「まだ挨拶ができていないから」という理由で、玲司が同席することになったのだ。

仕事とはいえ、オフィス以外の場所で彼と一緒に過ごすことになり、多少なりとも意識してしまう。

場所は会社から車で三十分ほどかかる料亭だった。今回はこちらが接待をする側なので場所選びに苦労していたのだけれど、玲司が電話一本入れると店が決まった。

やはりこういうときには、北山の名前がものをいうのだと実感する。

そういえば彼と再会してから三カ月ほど経った。嵐のように瞬く間に過ぎていったけれど、おおむねうまくやっている。

彼が北山で過ごした四年間がどういったものだったのか知る由もない。つらい手術に耐えたあとも、きついリハビリをして以前のように動けるようになったに違いない。

それに加えて北山の跡継ぎとしても、色々な困難があったのではないかと想像する。今となっては彼は立派な後継者と認められているだろうが、あのグループのトップに立つためにやらなくてはいけないことがたくさんあっただろう。

彼の存在自体をよく思わない人もいただろう。

けれどそんな中でも彼は、しっかりと実績をだして今ここにいる。

どれほどの努力と苦労を重ねたのだろうか、想像することすら難しい。

そんな彼だったが、以前持っていた温かいやさしさは今でも健在だ。立場に関係なく丁寧で、偉ぶったところが全然ない。

しかし上に立つものとしての役割はきちんとわかっている。

本当に私の知らないこの四年間で、ますます敏腕ぶりを上げたように思う。

「琴葉、そろそろ着くよ」

「はい」

ぼうっと考え事をしていたのがばれたのか、彼が顔を覗き込んでいた。ずっと頭の中で考えていた相手にそんなことをされるとドキッとしてしまう。

気合を入れ直して、取引先の社長と待ち合わせをしている料亭に足を踏み入れた。

数寄屋門をくぐり中に入る。飛び石の上を歩きながら手入れされた庭を見ていると、苔をまとった石灯籠や手水鉢があり趣を感じた。

都内なので気温は変わらないはずなのに、少し涼しく感じる。

「中はこんなに広いんですね、知らなかった」

政治家や経済界でも有名な方が使うお店だ。今まで接待をすることがあっても、ここまで立派なお店を利用したことがない。

「連絡をしたら、たまたま予約できたからよかったよ」

そこに北山の名の力があることは、彼もわかっているだろう。それをよく思わない人もいるかもしれない。けれど彼はそれも受け入れているように見えた。

先日感じたように偉ぶったところなどなく昔と変わらないところもある、けれどその反面変わったところだってある。私から見た今の彼は、北山玲司という立場を受け入れつつも自分らしさを失わないでいるように思えた。

この四年間の困難を通じて、彼は大きく変化したのだろう。

——じゃあ私は。

ダメだ今はまだ仕事中だ。関係ないことは考えないでいよう。

時間まで少しある。私たちは玄関先にある待合室で先方を待った。時間を少し過ぎてから先方の『岸岡文具《きしおかぶんぐ》』の社長がやってきた。

「いやあ、悪かったね。少し遅れて」

「いいえ、いつもお世話になっております。ライエッセの鳴滝です。こちらが弊社の新しい社長の北山です」

「はいはい。聞いてるよ~君、北山のおぼっちゃんなんだって?」

「そうなんですよ。さすが耳が早いですね」

玄関先でいきなりそんな話をするなんてと思ったけれど、玲司は気にしていないようだ。

岸岡文具の社長の岸岡さんは、先代の息子だ。年齢はたしか五十代前半。弊社の取引先でもあるし、年齢も上なので多少上からの態度をとられても仕方がないのかもしれない。

仕事をしていれば理不尽な思いをするのはよくあることなので、あまり気にしないようにして案内されながら部屋に向かう。

席に座って落ち着いた頃、お互いに少しお酒を飲みながら話をはじめた。

「本来は営業担当の君塚がこちらに来る予定だったのですが、あいにく急な出張が入りまして」

「あぁ、それなら気にしなくていい。下っ端と話をしても仕方ないから」

ぐいっとお猪口を傾けながら、シッシッとまるで追い払うように手を振る。先代の社長はずいぶん君塚をかわいがっていたので、態度の違いに驚いた。

「そもそもこちらから誘わなくても、そっちから挨拶に来るべきじゃないの？」

どうやら社長自身の挨拶が遅れたことが気に入らないらしい。封書で代表交代の挨拶をすませただけだったから、それはこちらの落ち度もある。

「至らず申し訳ありません。私どもの未熟さです。今後気をつけてまいります」

玲司はしっかりと頭を下げて詫びている。しかし岸岡社長は収まらないのか、まだこちらを責めた。

「北山の御曹司かなんだか知らないが、この会社ではこっちが客なんだから。そのあたりしっかりと理解しているのか？」

その言い方に私がむっとしてしまう。彼は一度だって自分の立場で人をないがしろにしたりしていない。それなのに決めつけで話をされるといい気分はしない。

「おっしゃる通りです。考えを改めてしっかりと精進いたしますので、ご指導よろしくお願いします」

隣で玲司が深く頭を下げている。私もそれに倣ったが心の中ではそんな必要ないのにとも思っていた。

岸岡社長は自分の前でしっかりと頭を下げた玲司に溜飲を下げて気をよくしているようだった。

そこからは今後の事業展開など、仕事の話を中心にゴルフの話などもでて、比較的和やかに会話が弾んでいた。時々気になるような態度はあったものの、玲司はうまく相手を落ち着かせてよい雰囲気だった。

「今日は気分がいいなぁ。ほら飲んで」

「はい、いただきます」

これで七杯目だ。ガラス製のお猪口になみなみと日本酒が注がれる。

飲みやすい冷酒とはいえ、日本酒はあまり得意ではない。いつもならやんわりと断るのだけれど、岸岡社長にはそれが通用しない。

なんとか笑顔を浮かべて、口元に冷酒を運ぼうとした。しかし横からすっと手が伸びてきて、玲司がそれを飲んでしまう。

私は驚いた。彼はアルコールがあまり強いほうではないはずだ。今日も私よりはるかに飲まされているのに大丈夫なのだろうか。

「鳴滝はあまり日本酒が得意ではないので、岸岡社長からの貴重な一杯は私がいただきました」

「あぁ、そうだったのか。それは気がつかなくて悪かったな。君、冷たいお茶でも持ってきてもらうか？」

「はい、そうします」

私は助かったと内心思い、運ばれてきた冷茶でアルコールでほてった体を冷ました。

しかし私の代わりに玲司がかなり飲まされている。

どうにか早く切り上げたいと思っていたけれど、なかなかうまくいかない。

そんなときに玲司のスマートフォンが鳴った。彼はひとこと岸岡社長に断りを入れてから部屋の外に出た。

私は少しホッとした。外で少し休むことができるのではないかと思ったのだ。

だからここは、私が頑張らなくてはいけない。

岸岡社長が機嫌よくお猪口を傾けている。かなりの量飲んでいるので、顔も赤く呂律も怪しい。少し心配になるが今日は彼の秘書が不在なので、止める人がいないのだろう。

「鳴滝さんは、ゴルフはするの？」

話しやすい話題を振られて安堵する。

「いいえ、実は私かなりの運動音痴なので」

これは事実だ。一度中野社長に打ちっぱなしにつれていってもらったことがあるが、空振り続きの上に、ボールに当たったとしてもころころと転がるだけだった。

呆れた中野社長が「ここまでセンスがないとは」と絶望していたのを思い出す。

「俺がやさしく教えてあげるよ、今度一緒にどうだい？」

「いいえ、本当に運動が苦手で……」

ぶんぶんと顔の前で手を振って断っていると、いきなり立ち上がった岸岡社長が向かい側に座っていた私の隣にどしっと腰を下ろした。

驚いて腰を浮かせて距離をとろうとする。しかしがしっと腕を掴まれてそれを阻まれた。

「なるほど細い腕だな。これなら飛距離を出すのは難しいだろうな」

「そうなんですよ。だからゴルフはちょっと」

私は掴まれていないほうの手で、自分の腕を掴んでいる岸岡社長の手をやんわりと引きはがす。

するとと今度は私のふとももに手を置き、すかさず撫でまわしたのだ。ぞわりと全身に鳥肌が立つ。

「やめてください」

反射的に拒否の言葉が口をついた。しかし相手はまったく気にしていないようだ。

「おお、案外初心《うぶ》なんだな。もうあの社長のお手付きだと思っていたが違うようだ」

「なっ……」

完全なるセクハラ発言に加えて、玲司をバカにしている発言に頭に血が上る。しかしここで私が相手の機嫌を損ねると、先ほどまでどんなに失礼な態度をとられても、丸く収めていた玲司の努力が無駄になる。そう思うと拳をぐっと握って我慢した。

「弊社の北山は決して公私混同はしませんので」

「はぁ、ご立派だね。俺ならこんな綺麗な子を前にして、手を出さないなんてできないけどな」

いやそれをしないのが、普通の会社だと思うのだが、私の常識が間違っているのだろうか。

「綺麗だなんて、とんでもないです」

なんとか顔を引きつらせながら、腰を浮かせて距離をとる。

「なんだ、周りの男は本当に見る目がないんだな」

今度は膝の上に置いてある拳に手を重ねられた。そして撫でまわされる。

「俺はこんなふうにかたくなに拒否されると、ますます燃えるんだ」

なんてことだ。私の態度が岸岡社長の闘争心を変に煽ってしまったみたいだ。しかしならばどんな態度をとっていれば、正解だったのだろうか。

「すみません、もうこれ以上は」

私は我慢できずに、岸岡社長の手を振り払った。

しまった……。

岸岡社長が激高するかと思って、あわてて様子をうかがう。しかし彼は笑みを浮かべていた。

そうだった、拒否すればするほど喜ぶと本人が先ほど言っていたではないか。

「いいね、その目」

距離をつめて、私に手を伸ばす。逃れるために立ち上がろうとしたが、うまくいかずにその場に倒れ込んでしまった。体勢を整える前に、岸岡社長がおおいかぶさろうとしてくる。

どんどん迫ってこられ、悲鳴をあげようと息を吸い込んだときだった。ふっと私の視界から岸岡社長の姿がなくなる。同時に畳に引きずられている姿が目に入った。

そこには岸岡社長の首根っこをつかんでいる、玲司の姿があった。

「なにするんだ！」

「しゃ、社長」

私は驚きで動けないでいるうちに、岸岡社長が立ち上がろうとした。しかしそれを玲司が阻止する。

「なにをするだと？　それはこっちのセリフだ。私の部下になにをした？」

聞いたことのない、ドスの効いた低い声に私もびっくりする。

「放せ！　ちょっとからかっただけだろう」

「そんなふうには見えなかったがな。セクハラ通り越して暴行罪で訴えてもいいんだぞ」

今度は岸岡社長の襟首をつかんで壁に押しつけている。

「社長、私はもう大丈夫ですから」

慌てて止めに入ると、やっとその手を緩めた。岸岡社長は壁伝いにずるずるとその場に座り込んだ。

「岸岡さん、先代にはとても世話になったと従業員から聞いています。ただ今後も弊社の社員をそのように雑に扱うなら、今後の取引は遠慮させていただきます」

「はっ！　カッコつけやがって若造が」

岸岡社長が体のほこりを払いながら立ち上がり、玲司を睨んだ。

「〝カッコつけ〟もできない、あなたのような経営者にはなりたくありませんから」

はっきりと拒絶の意志を突きつけた。

岸岡社長は不満げに玲司を睨みつけ「二度と顔を見せるな」と捨て台詞をはいて出ていった。

「それはこっちのセリフだ」

そう呟いた彼が、私のほうを振り向いた。

「大丈夫か。なにをされた？　警察を呼んだほうがいいならすぐに――」

「いえ、あの。少し触られただけで、ケガもしていませんのでその必要はありません」

たしかに嫌な思いをしたが、このくらいで警察を呼んでは、迷惑をかけてしまう。

「怖かっただろ、無事でよかった」

そう言った次の瞬間、玲司は私を抱きしめた。

強く抱きしめられて、驚いて固まってしまった。それと同時に恐怖から解放されホッとして力が抜ける。

「おい。本当に大丈夫なのか？」

「はい、気が抜けちゃって」

なんとか笑いを浮かべたが、玲司は眉根を寄せた。

「無理しなくていい」

そう言われて私は彼に完全に身を任せた。

懐かしい体温に胸が高鳴る。彼の香水が昔と変わっていなくて、それもまた私の胸をドキドキさせる。

「香水変わってない」

気が緩んでいたせいか、思っていたことが口からぽろっと漏れた。

「琴葉が好きだって言った香水だ」

あぁ、そうだった。いつか私がそう言った気がする。

そんな昔のことを覚えていて、今も変わらずに同じ香水を使っている彼。私のことを四年間忘れていなかったと言われているようで、うれしくなってしまう。

そのうえ、岸岡社長から私を守ってくれた。

私たちが付き合うようになったのも、私がお客様からの誘いを断りきれずにいたのを助けてくれたのがきっかけだった。

昔も今も変わらず私を守ってくれる。胸の甘やかな疼きをどうやって我慢したらいいのか。

「助けてくれてありがとうございました。我慢すればできたかもしれないのに」

「我慢なんかするべきじゃない。ああいうやつらには毅然とした対応をしなくちゃいけない」

彼の言う通り私が我慢することで〝そういう扱いをしてもいい〟と思われて、同じ被害を受ける人も出てくるかもしれない。

だが今日だけは耐えるべきだった。

「でも玲司が頑張って、色々我慢していたのに」

本来ならばあんなふうに馬鹿にされていい人間じゃない。たしかに北山家の一員だけれど、事故で脚に大ケガを負いそれを克服し、跡継ぎとして大変な思いで今の地位にいる。

それをなにも知らない人に「北山のおぼっちゃん」だなんて言われたくない。

その努力は誰にも踏みにじられたくない。

「別に俺はいいんだよ。あんな奴になにを言われてもなんとも思わない。だけど琴葉はダメだ。俺は琴葉には傷ついてほしくない。それが相手が誰だとしても、たとえかすり傷でも俺の目が届く範囲なら放っておけない」

彼の言葉の節々に様々な後悔の念を感じたのは気のせいだろうか。

でも私には、そんなふうに思ってもらう資格なんかないのに。

「ありがとう、玲司」

だけどこのときはどうしても素直に彼の思いを受け入れたかった。それを拒絶できるほど私は強くない。

「琴葉、俺のこと玲司って呼んでるの気がついてる？」

「あっ！」

本当に無意識だった。これまでかたくなに拒否していたのにこんなにさらっと口から彼の名前がでてきてしまった。恥ずかしくなり頬が熱くなる。

「うれしいよ、琴葉」

彼が私を抱きしめる腕に力を込めた。かつて私を守ってくれていた強くて温かくて、なによりも私の大切な場所〝だった〟彼の腕の中。今日だけはあの頃に戻ってこの幸せを享受したい。

明日からはまた、いつも通りにする。私は自分に誓う。

甘い時間を堪能していたところ、彼が急に私の首元に顔を埋めた。

「玲司？」

「はぁ、ごめんちょっとくらくらする」

「え、あ！　やっぱりお酒無理してたんですね」

昔のままの彼ならば、とっくに許容量は越えていた。

「ちょっと座ってください。お水もらってきます」

その場に座らせた彼に、冷たい水を渡す。

「ごめん、もっとカッコつけたかったんだけど」

眉尻をさげて残念そうにする彼だったが、そんな姿すら私の目には素敵に映った。

「いいえ。今だってすごくカッコいいですよ」

それは本音だ。

ずっと私を守ってくれていた。そんな彼がカッコ悪いはずなどない。

「琴葉」

彼が私の手を取ってギュッと握った。彼の体温を感じるとどうしても心拍数が上がってしまう。

言葉のないまま、お互い見つめ合う。彼がなにを求めているのかわかる気がする。でもそれを無視しなくてはいけない私の胸に痛みが走る。

「琴葉。俺──」

彼がそこまで口にしたとき、彼のスマートフォンが鳴った。そこで彼はハッと我に返ったようで私の手を放す。

「ごめん、そろそろ迎えが来る。君はタクシーで帰って」

「え……でも」

「ふたりでいると、また琴葉が危険な目に遭うかもしれない。俺も一応男なので」

さっきまで彼が握っていた手をひっこめる。

彼は「冗談だよ」と小さく呟いて笑ったあと、気を取り直したようにいつもの彼に戻る。

「支払いはすませてある。送っていけなくて悪いな。早く帰って明日に備えろよ」

「わかりました」

なんだか急にそっけない態度をとられて不思議だったが、彼がそうしろというならそうするしかない。

もしかしたらこのあとも自宅に戻るのではなく、なにか用事があるのかもしれない。

「では、お先に失礼します」

私は自分の鞄を持ち、軽く頭を下げて座敷をあとにした。

そのまま玄関に向かい外に出る。店の前の駐車場には車が何台か停まっていた。その中でもひときわ大きな黒塗りの車が目に入る。

おそらく玲司を迎えに来た車だろう。

視線を向けていると、車からひとりの男性が降りてきた。その顔に見覚えがあり、私はとっさに物陰に隠れた。

尾崎さんだ。

彼の顔を見た瞬間反射的に逃げた。嫌な動悸が止まらない。

彼にはいい記憶がひとつもない、間一髪で顔を合わせずにすんでホッとした。

もしかして玲司が急いで私を帰らせたのも、尾崎さんと顔を合わさせないためだったのかもしれない。

北山家の人々は知っているのだろうか。買収した会社に元妻の私が勤めていることを。もし知っているとしたら、大きな問題になるのではないだろうか。なんらかの接触があることも予想される。

さっきまで玲司に甘い感情を抱いていたのが、間違いだと気づかされた。私の中で玲司の存在が大きくなればなるほど傷つくのはわかっている。わかっていて、また彼に恋に落ちるほど私は強くない。

感情を捨てなきゃ。

この四年間、誰にもそういう気持ちを抱かなかった。これからもひとりで仕事を頑張って生きていくつもりだった。誰かと恋をするなんてもう二度と嫌だと思っていた。だからその気持ちを思い出すだけだ。大丈夫。

――私はもう誰とも恋をしない。

より気持ちを新たにした私は、玲司に接する際にことさら気をつけるようにした。自分がしっかりさえしていれば、惑わされることはないと思うからだ。

でもどうやら不自然だったみたいで、玲司に「なにかあったのか?」と不審がられた。そう聞かれたところで「なんでもない」と答えるしかできずに、できるだけ彼とふたりで過ごす時間を減らすようにした。

そうなってくると社長室でふたりで仕事をするよりも、彼がフロアにやってきて仕事をしてくれているほうが、人の目があるので気持ち的に楽だった。

しかし仕事以外に気を遣う日々は、なんとなくいつもよりも疲れてぐったりしてしまう。そんな私を見かねた君塚がリフレッシュに映画に誘ってくれた。

いつもより少し遅く起きて、シャワーを浴びた。

もともとあまり自炊が得意じゃないので、ひとりで暮らすようになって冷蔵庫の中はいつもさみしい。

ただ今日は、昨日仕事帰りに寄ったコンビニで発見した、新作のスイーツが冷蔵庫に入っている。コーヒーを淹れて今からおいしくいただく予定だ。

週末コーヒーを注ぎながらぼーっとするこの時間が一週間の中で一番ホッとする。

コーヒーの香りに満たされながら、昨日買ったスイーツを堪能する。

「ん〜無茶苦茶おいしい！　リピ決定」

誰もいない部屋に自分の声が響く。

ふとこの部屋に引っ越してきたときのことを思い出した。物件を探す時間がなくて直感で決めた割には、すごく気に入っている。

駅から徒歩十五分のワンルームのお城だ。

なにもなかった部屋だったが、今は自分のお気に入りのもので満たされている大切な場所。ここでだけは自分が外でまとっている殻を脱げる気がしていた。

濃厚な生クリームをスプーンですくい口に運んでいると、昔のことを思い出す。新作スイーツに目のない私に、玲司があちこちで見つけて買ってきてくれた。

高級なスイーツの店のよりもコンビニの新作を喜ぶものだから、最初彼はすごく驚いていたっけ……。

スイーツでお腹も心も満たされた私は、ふと立ち上がってチェストの前に立ち、引き出しを開けてみた。

そこにある伏せたままの写真立てに、手を伸ばしそうになったのをやめて引き出しを閉めた。

「私、なにやってるんだろう」

ここ最近自分で自分の気持ちや行動が理解できないことがある。理由はわかっているけれど考えたくない。無限ループに陥る前に逃げるのはこの四年間で本当にうまくなったと思う。

「え、もうこんな時間。そろそろ準備するかな」

チェストに置いてある小さな鳩時計が、時刻を知らせるとともに私を現実に引き戻してくれた。

今日は君塚に誘われて映画を見ることになっている。これまで仕事帰りにレイトショーを見にいったことはあったが、仕事が休みの土曜日に誘われるのはめずらしい。

「ん〜なにを着ていこうかな。面倒だから、平日に誘ってくれればいいのに」

ちょっと不満を漏らしながら、着替えとメイクをすませた。準備が完了すると〝ちょっと面倒だな〟と思っていた気持ちはどこかにいって、映画が楽しみになってきた。我ながら自分勝手だなと思う。

映画館で待ち合わせをしている。時間の十分前に到着すると君塚はすでに私を待っていた。人が多くて駆け寄ることができないのでゆっくり近づいていく。

普段着の君塚を見るのは久しぶりで新鮮だ。客観的に見ると、彼も十分カッコいい。

身長は百七十後半くらいで、がっしりとした男らしい体つきをしている。仕事が営業職というのもあっていつも清潔にしているし、話もおもしろい。関西弁もなかなか味があっていい。自信家だけれど周りも気を遣えるのに、なんで彼女がいないんだろう。余計なお世話か。

そんなことを考えていると、君塚のもとに到着した。

「お待たせ」

声をかけるとスマートフォンの画面を見ていた君塚がびくっとした。

「そんなに驚かなくてもいいじゃない」

「お前が急に話しかけるからやろ。ほんま心臓に悪い」

「ごめんって。でも仕方ないじゃん」

前もって【もうすぐ着くよ】とかメッセージを送っておけばよかったのだろうか。そもそも誰かと待ち合わせをして出掛けるという機会があまりないので、どうすれば正解なのかいまいちわからなかった。

「でもめずらしいね。君塚が私よりも早く到着するなんて」

いつも仕事のときは時間ぎりぎりなのに。

「俺かて、デートのときくらい遅刻せーへんわ」

「ふーん。え？　これってデートなの？」

まったくそんなつもりがなかったので驚く。

「待ち合わせしてるんやから、立派なデートやろ」

「そういうものなの？」

「そうや！　俺がデートって言ってるんやからこれはデートや」

なんだか強引に押し切られたような気がするけれど、正直どっちでもいいと思ったので深く追及しなかった。私たちの間に恋愛感情なんてものは存在しないのだから気にしたら負けだ。

たぶんまた君塚の冗談なんだろうな。私をからかっているんだろう。

「なぁ、お前ポップコーンは塩派？　キャラメル派？」

「キャラメルかな」

「そうか、俺は塩や。ほな、じゃんけんしよか」

なんだか新鮮だな。女同士だとお互い譲りあったりするし、かつてデートしていた相手は常に私を優先するような人だった。

「ほないくで、じゃんけんぽん」

慌ててパーを出したら、向こうはチョキを出した。

「やった〜俺の勝ちやな」

うれしそうに喜ぶ君塚を見ていると、なんとなく悔しい。

「飲み物はアイスティーやろ？」

「うん。あ、でも私が買うよ。チケット代出してもらったし」

「そんな細かいこと気にせんでええから」

引き止めようとした私を振り切って、君塚はさっさと歩いて行ってしまう。

「もう、せっかちなんだから」

止める間もなく人混みの中に彼の背中が消える。土曜日の映画、しかも新作の映画が公開してすぐとあって混雑している。

私は大人しく君塚が戻ってくるのを待った。そして戻ってきた彼を見て驚いた。

「なんでキャラメル味買ってきてるの?」

「なんか直前になって気分が変わったんや」

「わざわざじゃんけんまでしたのに。もしかして私に気を遣ってくれたの？」

「ええやないか、細かいことは。ほら、中に入るで」

気のせいか彼の耳の先が赤い気がする。

「気も遣えるし、けっこうイケメンなのにどうして彼女がいないんだろうね。モテそうなのに」

「俺は別にモテたいわけやない。好きな子に振り向いてもらいたいだけや」

彼が片想いをしているなんて初耳だ。まぁ、同期のしかも女子に相談はしづらいのかもしれない。

「そうなの？　え〜それなら私なんか誘ってないで、その子誘えばよかったのに」

「お前なぁ〜」

君塚が口を開いたと同時に、会場にアナウンスが流れた。

「あ、もう中に入れるみたいだね。行こう」

「わかった」

なぜだか彼はうなだれているようだ。

「どうかしたの？　やっぱりポップコーン塩がいいなら私買ってくるよ」

「はぁ……いや、もうええわ。行こう」

「うん」

最後はため息までついた君塚に首をかしげながら、私は彼のあとに続いた。


十四時過ぎ。

私と君塚は映画を見終えて、近くにあるカフェで少し遅めのランチをとっていた。

私たちの目の前には熱々のグラタンが並んでいる。

「いただきます～！」

ふうふうと息をかけて冷ましながら、口に運ぶ。

「ん～おいしい。平日のランチだとゆっくりできないから、こういうの食べられないよね？」

「あぁ、そうやな。顧客の都合とかもあってゆっくり食べられる日のほうが少ない気がする」

「君塚は営業だもんね。その点では私は恵まれているかも」

ものすごく忙しいときは、仕事をしながら昼食をとる場合もあるけれど。本当にまれな話だ。

「でもまぁ、俺内勤向いてないからなぁ」

「たしかにそうかも。いまだに書類ミスだらけだもんね」

「おい。そこは『そんなことないよ』って言うところだろ」

お互いに噴き出して笑い合った。

君塚は同期と言うこともあるが、一緒にいて疲れない。冗談や軽口をたたいてもお互い許される関係だ。男友達ってきっとこんな感じなんだろうなって思う。

実際今日だって、映画もランチも十分に楽しんでいる。普段ここまでふたりでゆっくり過ごすことはないが、やっぱり話題が豊富な君塚との会話は楽しい。

ふとバッグの中でスマートフォンが鳴っているのに気がついた。画面を確認すると玲司の名前が表示されている。

「社長からだ。ちょっとごめんね」

休みの日に連絡があるなんてめずらしい。私は断りを入れてから通話ボタンをタップした。

「もしもし、鳴滝です」

《休みの日にすまない。今大丈夫か？》

「はい。少しなら」

申し訳なさそうな声が聞こえる。どうやら今日中に片付けておきたい仕事があるようだが、そのデータが見つからないと言っている。

「それなら。営業課ではなくて業務課のサーバのデータを確認したほうがわかりやすいと思います」

私がファイル名と保存場所を伝えると、すぐにお目当てのデータを見つけた彼は《ありがとう》と言って電話を切る。

「大丈夫なのか？」

心配そうな顔で君塚が覗き込んできた。

「たぶん平気だと思うけど」

そこで色々と思い出した。ほかのデータも必要だったかもしれない。玲司なら気がついてそこにたどりつくかもしれないけれどちょっと心配だ。

しかも担当者が独自のフォーマットを利用しているので、混乱する可能性もある。

「ちょっと、心配だから私会社に行ってこようかな」

ちょうどごはんも食べ終わったところだ。念のため顔を出して、問題なければ帰ればいい。都合のいいことにここは会社からそう遠くもない。

「なんでお前が行く必要があるんや？」

「でも困ってるかもしれないから。そうでなくても私が行ったほうが早く解決できるだろうし」

今日中にやっておきたいと言っていた。手伝えば少し負担が軽くなるかもしれない。

「休みなんやから、頼まれてないのに行かんでいいやろ？」

「それはそうだけど」

不機嫌そうな君塚の顔に違和感を覚える。

「琴葉、なんでそんな社長のことになったら必死になるんや？」

「え。そんなことないよ」

すぐに否定したけれど、納得していないようだ。それもそうだ、私自身玲司を意識してしまっている。それがいつも近くにいる君塚に伝わっているのだろう。

「お前、社長のこと好きなんか？」

真剣に聞かれて一瞬言葉を失った。いつものふざけてからかっているような雰囲気はみじんもなく、彼が本気で聞いているのがわかる。

私の態度、そんなにわかりやすかったのかな。もしかしたら、春香やほかの同僚にもばれているのかもしれない。

だけどそれを認めるわけにはいかない。許されない思いだから。

「そ、そんなことないよ。もちろん尊敬はしてるけど。春香とかのほうがよっぽど社長見てキャーキャー言ってるじゃない。知らないの？」

勝手に名前出してごめんと、春香に心の中で謝っておく。

「ここまできてごまかさんといてくれ。俺はずっと琴葉のこと近くで見てきたからわかるんや」

たしかに同期だし近くにいた。でも私のその考えを、君塚が否定する。

「なぁ、琴葉。お前もうそろそろ俺のこと男として見てもええ頃ちゃう？」

「えぇ？」

それって、それって……。

突然のことに驚いて、言葉が出てこずに口をパクパクとさせた。

「やっぱり、まったく気がついてなかったんやな」

呆れたような彼の様子に、もしかして今までも何度かそういう雰囲気を出していたのかと今さら気がつく。

「そ、そんなの、わかるわけないじゃない！」

「なんでや、俺はずっとお前が好きやってアピールしてきた」

そ、そんなストレートに言わないで。恥ずかしくて耳の先が熱い。

「なにかの間違いよ。きっと」

「なんやそれ、なんでお前に俺の気持ちが間違いやなんて言われなあかんのや」

それはそうだ。彼の気持ちを私が否定するのは間違っている。わかっているけれどどうしても驚いて冷静に考えられない。

「わ、私、やっぱり帰るから」

バッグから財布を取り出し、テーブルの上にお金を置いた。

「琴葉」

君塚が私を引き止める声が聞こえたけれど、聞こえないふりをしその場から逃げるようにして駅に向かった。

駅について電車に乗る頃になって、ようやく気持ちが落ち着いてきた。君塚にどれだけ失礼なことをしたのかと申し訳ない気持ちになる。

ちゃんと断らないと。はっきりと今の私の気持ちを伝えることが、君塚に対する誠意を見せることになる。

突然の告白に混乱した私は、結局会社に向かうことなく気がつけば自宅方面への電車に乗っていた。

マンションの部屋について荷物を置くと、君塚から【ちゃんと家ついたか?】というメッセージがきた。

ほかに聞きたいことも言いたいこともたくさんあっただろうに、彼はなにも言わずに私の心配をしてくれた。

「はぁ、君塚が最低なやつなら、その場で拒否できたのにな」

いいやつなのだ。だからこそちゃんとしなきゃ。

そう決心したけれど、その週末はなんとなく気持ちが沈んだままで過ごした。

そして重い気持ちで迎えた月曜日。

私はいつも通り誰よりも早く出社して、フロアの掃除をはじめた。おそらく君塚はギリギリの出社だから話ができるなら昼休憩の間だろう。

彼のスケジュールは確認ずみだ。あとはあまり重くならないように、明るく断るだけだ。でもそれが難しい。

何度か頭のなかでシミュレーションをしている。きっと彼ならちゃんとわかってくれるはずだ。

そう思いながら週のはじめの月曜なので、いつもよりも丁寧に給湯室の掃除をしていると背後から声をかけられた。

「琴葉」

声で誰だかわかって、一瞬にして緊張してしまった。しかし私はそれを隠して笑顔を浮かべて振り向く。

「君塚、おはよう。今日は早いね。めずらしい」

いつもと変わらないように努めた。うまくいっただろうか。

「お前に話があったから、早く来たんや」

「そ、そうだったんだ。あの、ごめんね。急に帰ったりして」

まずは逃げ出してしまったことを謝る。

「俺、告白した相手に逃げられたんはじめてや」

眉間にしわを寄せた彼は、不機嫌そうだ。

「なんか、パニックになっちゃって。悪かったと思ってる」

告白をされ馴れている人生だったなら、相手を傷つけずにさらっと断れただろう。

しかしあいにくそんな人生を歩いていないので許してほしい。

でもちゃんと向き合いたいと思っている。

「あのね土曜のことだけど、私が離婚したってことは知っているよね？」

「あぁ、ここに入社する前のことやろ」

よかった、さらっと話をしたことを覚えていてくれたみたいだ。

「私、そのときに決めたの。もう誰とも結婚も恋愛もしないって」

連鎖的に当時のことを思い出して苦しくなる。それが顔に出てしまっていたらしい。

「そんなに、つらい結婚やったんか」

「うん……まぁ、ね」

「お前が離婚してからは、誰とも向き合わないと決めているのは聞いてた。でももう四年だろ。そろそろ前を向いて歩いたらどうなんや？」

ふたりが愛し合っているっていうだけでは、どうにもできない結婚だった。でも離婚を決めたのは自分だから、他人にそれを言うつもりはない。

「俺なら、お前のこと不幸にせん。お前にとって俺は今はただの同期かもしれんけど、俺のことを見ずにただ過去の失敗で俺を拒否するようなことだけはやめてほしい」

「君塚……たしかに、君塚と付き合う人は幸せになると思う」

「じゃあ——」

「でも私はダメなの。どうしてもダメなの」

心の中に別の人がいるのに、君塚と一緒に過ごすなんてできない。大切な同期だからこそだ。

はっきりとした理由も告げずに、ただダメだという私に、彼は納得しなかった。

「付き合ってみてもないのに、拒否するなや」

彼はそう言いながら、私の手に紙幣を握らせた。

「これは？」

「この間の金や」

ランチ代に私がおいていったお金だ。

「俺から誘ったんやから、この金は受け取れん」

「でも、自分で食べたものだから」

「普段は『奢れ！』言うやん」

「それは」

言い返そうとしたけれど、君塚がそれを許さない。

「俺はデートで女の子に金を出してもらいたくないの。だからこれは受け取れん」

もう一度ギュッとお金を握らされた。

そしてそのまま給湯室を出ていく。

「君塚！」

名前を呼んで引き止めたけれど、彼は無視して行ってしまった。土曜日にカフェで私がしたことの仕返しだろうか。

「はぁ、どうしよ」

握らされて少しクシャッとなった紙幣を手で伸ばしながら、ポロリと言葉が漏れた。

離婚の話を持ち出したら、あきらめてくれると思ったけれどダメだったか。

はぁ、と大きめのため息が出る。

元夫が忘れられないと、正直に伝えるべきだった？

でも、なにかのきっかけで私の元夫が北山玲司だってばれたら？

せっかく今、社長と社員の信頼関係ができつつあるのに、そんな過去のことでダメにしたくない。

難しいけれど、でも時間をかけてわかってもらうしかないな。

もう一度大きなため息をついて、私は自分の席に戻った。

私の場合プライベートの悩みがあるときほど、仕事がはかどる。目の前のことに没頭することで現実逃避を図っているともいえる。

いつもの倍くらいのスピードで仕事をこなして、そして玲司との打ち合わせの時間になり社長室に向かった。

ノックをするとすぐに返事があり中に入る。プレジデントデスクに座り仕事をしていると思った彼は、めずらしく立ち上がって窓の外の景色を眺めていた。

「おはようございます」

「おはよう。土曜日は休みの日に悪かったね」

「いいえ、あのあとは大丈夫でしたか？」

出社しようと思っていたけれど、君塚の告白騒動でパニックになってしまい結局家に帰ってしまった。

「あぁ、仕事は問題ない」

「仕事は……って？」

ほかになにがあるんだろうと思い、首を傾げた。そのあと彼の言葉に衝撃を受ける。

「土曜日は、君塚くんとデートだったのか？」

「え、なんでそれを？」

口にしてハッとする。これではデートをしたと認めてしまっているようなものだ。

君塚からしたらデートかもしれないけれど、私はそのつもりで出かけていない。そう説明したいけれど、ほかの人から見ればただの言い訳に見えてしまうだろう。

だからと言っていまさら撤回することもできない。

「聞かれたくないなら、今後は給湯室で大事な話をするのはやめるんだな」

彼の指摘はもっともだ。

「以後、気をつけます」

そう答えるしかなかったものの、しかし彼がなぜ不機嫌なのかその理由はわからなかった。そもそも給湯室で話をしたのは不用意だけれど、まだ仕事がはじまる前だから、とがめられる理由にはならない。

「俺とは仕事帰りの食事すら、しぶしぶなのに不公平じゃないか?」

「不公平ですか?」

「あぁ、この間の接待から、俺のことを不必要に避けているし」

「そんなこと……ないです」

口ではそう答えたものの、彼には私の行動はお見通しだろう。

隠し事が下手な自覚はある。だからといってここで「あなたのことが気になるから」なんて口が裂けても言えない。

「昔のことをほかの社員に知られるとまずいので、社長とは距離をとっておきたいんです」

「なぜ、みんなに知られるとダメなんだ？」

どうしてわかってくれないのだろうか。私たちの過去は公にすべてきではないということを。妙な勘繰りや憶測を生んでしまう。それを避けたいだけなのに。

「みんなが変に意識するじゃないですか。大切な仲間に気まずい思いをさせたくないんです」

これは本音だ。知らなければ普通に接することはできるが、知ってしまえばぎくしゃくしてしまうだろう。

「そうだろうか。俺としては、さっさと〝元〟を取ってしまって夫婦に戻りたいんだがな」

「……なんでそんなことを」

「琴葉が忘れられない。今でも君が好きだ」

昔と変わらない愛の言葉に、鼻がツンとして目頭が熱くなった。ダメだ、泣いてしまう。

彼のストレートな言葉は、私が必死になって隠している恋心を容赦なく引きずり出してきた。

また彼からそんな気持ちをもらえるなんて、四年前のあの日には想像すらできなかったのに。

何度も夢に見てきた。その都度苦しくなるだけだった。だからいつしか心の中に自分の気持ちを閉じ込めるのがうまくなっていた。

それなのに……こんなにすぐに揺さぶられてしまう。

私は慌てて歯を食いしばり、なんとか涙をこらえた。

今までそんな雰囲気を出してはいたものの、ここまではっきりと言われてはいなかった。

不意打ちに驚いたけれど、私の気持ちを彼に知られるわけにはいかないのだ。

「冗談をおっしゃらないでください」

なるべくそっけなく答えた。しかし彼はまったく気にしていない。

「俺は本気だよ、琴葉。もう少し時間をかけて君を手に入れるつもりだったけれど、ほかの男に横から奪われるのは困る。本気で君をもう一度俺の腕に取り戻すつもりだ」

あぁ、なんということだろう。まさか君塚との話を聞かれたことで、玲司がこんな宣戦布告をしてくるなんて。

「私は、そのつもりはありませんから」

「いいさ、それでも。俺があきらめが悪いこと、琴葉は十分っていうぐらい知っているはずだ。俺に逆らえるなら、逆らえばいい」

普段は物腰が柔らかいのに、こんなときに急に強引になる彼はずるいと思う。何度も決意をして過ごしてきたはずの心が、いとも簡単にぐらついてしまう。

「悪いが、俺は今から出ないといけない。今後のことはまた連絡する」

「プライベートのお誘いなら、お断りします」

私の拒否の言葉にも玲司は笑みを浮かべていた。

「いつまでも逃げられると思うな」

その笑みに体がぞくっとしてしまう。あの人に本気で迫られて私はどこまで耐えることができるのだろうか。自信がない。

「では、失礼しますっ」

いつまでもここにいたら、どんどん追い込まれてしまいそうだ。私は逃げ出すかのように社長室を出て、できる限りの早足でフロアを横切った。

そしてそのままのスピードでロッカールームに駆け込む。

人がいなくてホッとする。そして緊張が解けたのか体の力が抜けて、ベンチにへなへなと座り込んだ。

なんで今さら、好きだなんて言うの？

たしかに再会してから、そんな雰囲気を感じてはいた。けれどそれと同時に復縁が無理だってこと、彼だってわかってると思っていたのに。

玲司は四年前、私の手紙を読んで離婚を承諾したはずよ。だからこそ私は今、鳴滝琴葉として生きている。

ケガも治って、北山玲司としての地位も築いて、彼の人生を歩いていると思っていたのに、なんで今ごろになって私にこだわるんだろう。

彼はここに社長としてやってきたとき、私がこの会社にいるってわかってやってきた？　それともたまたま私を見つけて懐かしくなった？

いや、そんな簡単な感情で、私を振り回すようなことをする人じゃない。あの態度から見て彼が口にした言葉は本気だ。

考えても答えが出ないのに、疑問ばかりが頭に浮かぶ。

そもそもなんで結婚していないの？

四年前、尾崎さんの口ぶりでは、私と離婚して家柄の釣り合った相手とすぐにでも結婚するって話だったはず。

どの質問も、玲司にすれば包み隠さず教えてくれるだろう。でもそれをしたら最後、私は彼から逃げられなくなってしまう。

四年前にした約束は破れない。あの日たくさん涙を流したからこそ、今の素晴らしい彼がいるのだから。

次になにかあったら、踏ん張れる気がしない。私の心はギリギリのところまできていた。

第四章　告白

どうやら雨が降るみたいだな。

終業時刻を過ぎ社員は退勤したあと、社長室で仕事をこなす。じわじわと痛む古傷と、手元にある調査書のせいか四年前から今に至るまでのことを思い出していた。

＊＊＊

事故に遭ってすぐ、まだ入院中のことだ。

病室でずっと琴葉が来るのを待っていた。しかし目が覚めて一度会えただけで、転院先の病院にはついに一度も現れなかった。

連絡を取ろうにも、スマートフォンは事故で壊れてしまい、そのうえ激しく打撲したり骨折したりした俺は、ベッドで安静を余儀なくされていた。

母に聞いても、看護師に聞いても誰も琴葉を見かけていないという。いったいどうしたんだと思っていた矢先、北山の弁護士が二通封筒を持ってきた。

一通は琴葉からの手紙、そしてもう一通はすでに署名がされた離婚届だった。

それを受け取ったときの衝撃を今でも覚えている。

見舞いに来た母親になかば八つ当たりするかのように頼んだ。

「琴葉に会いたい、会わせてくれ」と。

彼女は別れを手紙ですませるような人間じゃない。それは母だってわかっているはずなのにただ目を伏せて首を振るだけだ。

その顔がとても苦しそうで、俺はそれ以上なにも言えなくなってしまった。

「どうして」という言葉しか出てこなかった。手紙に書いてあった理由は、身体が不自由になった俺の世話を一生し続ける覚悟がないというものだった。

あぁ。そうだな。この脚、もう二度と動かないかもしれないんだった。

医師からの説明に少なからず動揺した。さらにもと通りになる可能性もないと言っていた。そんな不確かな状況で、彼女の未来を俺に縛りつけるわけにはいかない。

体の不自由な夫の世話を、これから何十年もする未来を、彼女に押し付けたくなかった。

俺が琴葉に惹かれたのは、その一生懸命さとひたむきさだ。誰もやりたがらないような仕事を彼女はいつも率先し、そして一生懸命やっていた。何事にも真正面から取り組む姿を好きになった。

そして交際をはじめてからも、結婚してからも彼女のその姿勢は変わらず、俺は彼女をますます好きになった。彼女を大切にしたいと思っていたし、実際なによりも大切にしていた。

そんな彼女がこんな体の俺と一緒にいれば、どうなるのかは一目瞭然だ。おそらく自分を犠牲にして俺に尽くすに違いない。

彼女の人生それでいいのか？

どうするのが一番彼女のためになるのか、それは彼女の望みを叶えてあげることだ。今の自分にできるのは離婚を受け入れることだけだ。

身の引き裂かれるかのような思いで、離婚届にサインをした。

夫婦の終わりって案外あっけないものだな。

北山の弁護士から離婚手続きがすべて完了したと聞いたのは、サインをしてから一週間ほど経った頃だった。

自分の気持ちはまだ琴葉にあるのに、今も大切に思っているのに、もう夫婦ではない。それがなんだか不思議でそして寂しかった。

琴葉との結婚を決めたときなにがあっても、できる限り彼女を幸せにしようと決めた。だからこの離婚も彼女の願いを叶え、今後の輝かしい未来を歩かせるために必要なのだと思えた。

ただそこに自分がいないだけ。それでも彼女の未来を守れるなら仕方がないと思っていた。

その頃の俺は、離婚が彼女の願いなのだと信じて疑わなかった。


琴葉が自分のもとからいなくなって二年半が経っていた。

複数回の手術と血のにじむようなリハビリを経て、俺の脚は日常生活ならば、なんら問題なく送れるまで回復していた。

北山家は跡継ぎの俺に最高の治療をもたらしてくれた。そうでなければ、いまだに歩けていないか、生活に支障をきたしていただろう。

まだ海のものとも山のものとも知れない、ただ血がつながっているだけの男を、多額の私財と人脈を通じて助けてくれた。そのことについては感謝しかない。

だから回復した今、必死になって学び北山グループの跡取りだと認めてもらえるように日々努力している。

ただ体の傷は癒えても、彼女を失った心の傷は深く残ったままだった。

なんどか縁談話は持ち上がったが、すべて断っていた。結婚だけは自由にしたいと拒否してきた。

そもそも心の中にずっと琴葉がいるのに、ほかの誰かと真剣に向き合うことなんてできない。

琴葉自身のためだと言って離婚をしたあとも、女々しい俺はふたりで住んだマンションを解約できないでいた。

北山家のほうで、新しい住まいは用意されていた。だが俺はゆっくりしたいときや、考え事をしたいとき決まってこのマンションに足を運んでいた。

その日も北山での仕事を終えて、疲労困憊だった俺は琴葉と過ごしたマンションに足を向ける。

比較的早い時間だったせいか、管理人室にまだ人がいた。

「小比賀さん。荷物預かってるから持っていって」

昔の名前のほうがなじみがある管理人は、今でも俺を旧姓の小比賀と呼ぶ。今では誰も俺をそう呼ばないので、懐かしいこともありそのまま受け入れていた。

「革工房？」

差出人に思い当たる節がなかったが、一緒に残されたメモに【奥様からのご依頼の品です】と書かれていて、俺は部屋まで我慢できずに乗り込んだエレベーターで包みを開く。

「キーケース？　それも名前が刻印してある」

奥様と言われてすぐに中を確認したが、琴葉に通じるようなものはなにもなかった。

しかしこれを本当に琴葉が手配したのであれば、いつの話なのだろうか。

俺はいてもたってもいられず、次の日キーケースに同封されていたショップカードにある住所に車を走らせた。

そこは事故の当初、最初に運ばれた病院の近くだった。

古い店構えのショーウィンドウには【店じまいセール】という張り紙があった。

店の中に入って声をかけると、奥の工房から作業エプロンを着けた店主らしい男性が出てきた。

「いらっしゃいませ。気になるものがありましたら、お安くしておきますよ」

「いや、申し訳ないんですが、少し聞きたいことがあって来ました」

男は怪訝そうな顔をしたが、俺が昨日のキーケースを取り出すと、パッと顔を輝やかせた。

「よかった。無事手元に届いたんですね」

「はい。ちゃんと受け取りました。ありがとうございます」

「あぁ、よかった。実は二年半前に奥様からそちらの商品の注文をいただいていたんです。ただ引き取り期限を過ぎても取りに来なかったのでこちらでずっと保管していたんですよ」

どうやら事故の前後に注文されたものらしい。

「相手はこの人で間違いないですか？」

スマートフォンの画像フォルダから、琴葉の顔を呼び出して見せる。事故でスマートフォンは壊れたが、バックアップを取っていたので彼女の写真はいつでも見られるようにしてある。

「う〜ん、顔まではははっきりと覚えてないんですよね。なにせ二年半前なので」

「そうですよね」

一度ふらっと来ただけの客を、よっぽどのことがない限り覚えていないだろう。

「でも、本当によかった。お届けできて。あんな話を聞いていたから処分するにできなくて」

「あんな話とは、どんな話を妻がしていたんですか？」

彼女の話なら、どんな些細な話でも聞きたい。

「ご主人が自分のせいで事故に遭った。もしかしたら歩けなくなるかもしれない。だけどなにがあっても自分が支えるつもりだって言っていましたよ。袋の中にたくさんのリハビリ関連の書籍を持っているのも見せてくれました」

「琴葉が、そんなことを？　その日がいつだったか日付はわかりますか？」

「あぁ、もちろん。受注伝票がありますからね」

店主はいったん奥に引っ込むとA5サイズのバインダーをめくりながら持ってきた。

「あった、これこれ。えーと二年半前のこの日だね」

ファイルを確認するとその日付は、俺が事故に遭った二日後。

この店主の話が本当だったら、琴葉は体が不自由になった俺を支えるつもりだった？　じゃあなぜあんな手紙を俺に書いたんだ。

ひとりで考え込んでいると、店主が笑顔で俺の脚を見ていた。

「失礼ですが、今も車の運転を？」

「はい、時々ですが」

「そうですか、奥様はそのキーケースを真剣に選んでらっしゃいましたよ。ケガを直した夫とまたドライブする。そのときにこのキーケースに鍵をつけてもらいたいって」

あの時点では、今まで通りに治る見込みは低かったはずだ。それなのに彼女は絶対に治ると思っていてくれたんだな。

「いやぁ、奥様とリハビリ頑張られたんですね。本当によかった。話を聞いていた手前もし郵送でもして、実はまだ歩けないなんてなると、空気を悪くしないかなとか色々考えて、ずっと保管していたんです。でもここも店じまいするので、最後にあなたに大切なものを届けられてよかったです」

まさか二年半前の琴葉からのメッセージを、今頃になって受け取るなんて皮肉なものだと思う。

「本当に俺にとって、彼女の気持ちが詰まった大切なものです。わざわざ届けていただいてありがとうございました」

「いいえ、奥様にもよろしくお伝えください」

店主は丁寧に玄関まで見送ってくれた。

心の中で「そうできるなら、そうしてるさ」と返事をした。

そのあと俺は、過去の真実を知るために当時のことを知っているであろう母のもとを訪ねた。

突然の訪問に驚き喜んでいたが、「琴葉のことで話がある」と言うと一変して顔を曇らせた。

その表情から、なにか隠し事をしているのだとピンときたが、すぐにそこで問いただすわけにもいかず、昔から代わり映えのないリビングで母と向き合う。

「実は昨日、琴葉から荷物が届いたんだ」

「琴葉さんから？」

母が驚くのも無理もない。

琴葉は離婚が成立してすぐにマンションの処分を母に頼んでそのまま姿をくらませたのだ。それ以降俺にも母にも連絡は一度もなかった。

「正しくは二年半前の琴葉からだ」

母にもわかりやすく、このキーケースを手に入れた経緯を説明する。

「店主の話から判断して、琴葉は俺を支える気だったみたいなんだ。それなのにこれを注文したその日に離婚届に署名捺印をしている。なにかおかしいと思わないか？」

話をしていくうちに、母の顔色がどんどん悪くなっていく。そして頭を抱えたかと思うと肩を震わせ泣き出したのだ。

「私が悪いの。全部、私がっ」

取り乱して悲鳴のような泣き声をあげる母。俺は驚くと同時にそのときやっと琴葉の身に起こったことを知ることになった。

「あのとき私がお願いしたの。あなたを助けたいから離婚してほしいと。そうすれば北山の関連病院で腕のいい医師の手術を受けられ、最新のリハビリも受けられるからって、秘書の人に言われて。藁にも縋る思いだった」

母の告白に、俺は怒りで震えた。

「俺はそんなこと……一度だって頼んでないだろう」

そのときの琴葉の心の傷を思うと、胸がかきむしられるようだ。

「わかってるわ。母さんの完全なエゴだって。でもわが子のためなら母親は鬼にでもなれるの。でも……琴葉さんには本当に申し訳ないことをしたと思っているわ」

いつも気丈な母が泣いている。

琴葉を傷つけた事実は変わらないが、それが子を思う母心だと言われてしまうと強く責められない。その結果、今の俺の生活があるのだから。

母さんだってあの事故の犠牲者だよな。ずっと琴葉に対する罪悪感を持って生き続けるつもりなんだから。

「きつい言い方をして悪かった」

泣いている母に声をかけ反省する。

俺も母の立場なら同じことをしていたかもしれない。大切な人のためなら、なにを犠牲にしてもかまわないと判断しただろう。

責めるなら母ではなく、北山側だ。

俺は気持ちを落ち着かせて、母に封筒を渡す。

「この手紙を見てくれる？　俺はこれを読んで琴葉との離婚を決心したんだ」

別れの言葉が書いてある手紙だ。不吉極まりない内容だが、しかし俺はそれを後生大事に持っていた。その手紙を自分以外の人に見せるのは、はじめてのことだった。

手紙を読んだ母が怪訝な顔をする。

「これはおかしいわ。彼女はずっとあなたに寄り添うつもりだった。少なくとも私の前ではそんなこと言っていないわよ」

母の言葉とキーケースの存在から、この手紙は俺に離婚を決心させるために書いたものだと確信できた。

いったいどんな気持ちでこれを書いたのだろうか。

俺は琴葉のこの手紙に込められた、本当のやさしさに気づかずに、今までずっと過ごしていた。誰よりも彼女のことをわかっているはずの俺が、真意に気がつけないなんて。

「そんなあの子に、私は本当にひどいことをしたの。あの子はあなたのためにこの悲しい手紙を書いたのね。そんなやさしい琴葉さんに……私はなんて最低な人間なの？」

母もまたあの日からずっと自分を責めているようだ。

琴葉を傷つけたことは、たとえ母親でも許せない。けれど十分後悔もしている。

「なに勝手なことしてるんだって思うけど、でも今の俺があるのは母さんのおかげだし北山の力のおかげでもある。だから責めるなんてことできないよ」

「玲司……ごめんなさい」

母は顔を手で覆ってまた泣き出す。

その姿を見て偉大だと思っていた母が小さく見えた。この小さな体で俺を育ててくれたのだ。

「俺、琴葉のこと捜してみようと思う」

「玲司……あなたがそうしたいなら、好きになさい。私はもうなにも口を出せる立場にないから」

母は疲れた顔で笑うと、俺を玄関で見送った。

そして真実を知った俺はその日から琴葉を捜しはじめた。

脚が動くようになってから、何度かそうしようと思ったことがあったが、彼女の今の生活を壊すようなことになったらと思うとなかなか実行に移せないでいた。

しかし当時の琴葉の本当の気持ちを、あのキーケースから知ることができて、背中を押されたのだ。

手がかりはあまりなかったが、最初は探偵を使うなど大袈裟なことはしたくなかった。誰の手も借りることなく、自分で捜し出したかった。それくらいできなくて今後彼女を守れるのかと自分自身を試すつもりだった。

しかしそう簡単に見つかるわけもなく、それでも少しずつ当時の彼女の痕跡をたどっていく。

そんなときだった。ゴルフ仲間のひとりから会社の買収を持ち掛けられたのは。

彼の名は中野。ライエッセというベンチャー企業の代表をしている。

設立されてまだ十年にも満たない会社だったが、技術や業績も申し分なかった。

早々に興味を持ち調査を進めていると、ライエッセのホームページの社員紹介に琴葉がいたのだ。

買収先の会社にいるなんて、偶然にしてもできすぎだ。しかし俺はそれを偶然だなんて思いたくなかった。

めぐってきたチャンスは必ずモノにする。人生の中で失ったものを取り戻したい。そして彼女を自分の手で幸せにしたい。

自分でも驚くほど必死だった。『俺を近くで見張っていなくてもいいんだな。好きにするぞ、この会社』なんて半ば脅すようにして彼女を自分の傍に置いた。なりふりなんてかまっていられなかった。

湧きあがる興奮といまだ消えることのない琴葉への恋情。自分の中でもてあましそうになるそのふたつをうまく制御して、俺はどうにか彼女をもう一度手に入れることを心に決めた。

＊　＊　＊

膝の痛みが増してきて、過去の記憶の海をただよっていた俺は現実に引き戻された。

手元の書類を睨みつける。ここに琴葉と俺が離れる原因になったある男のことが記されている。

どんな理由があったとしても、そんなものは俺たちには関係ない。琴葉の自己犠牲の精神を利用して引き裂くなんて卑怯なこと、決して許されない。

この四年間、なにもせずにいたわけじゃない。

いつか迎えにいくとき、琴葉の重荷にならないように治療やリハビリに専念した。ある程度、体の自由が利くようになってからは北山の仕事に没頭した。これは北山の人間に自分の実力を認めさせるためだ。

仕事を覚えたいという理由で、勧められる数多の縁談話からも逃げられる。今後色々と有利に物事を運ぶためには、遠回りかもしれないが、この方法が一番有効だ。

そして琴葉がなぜ、俺との別れを決心したのか。その理由を取り除くことができれば彼女をまた俺のもとに取り戻せる。

再会後すぐに、琴葉を手に入れたいという気持ちを抑えて、彼女の気持ちを優先した。もちろんただ待っているつもりはないけれど。

彼女の心の中にまだ俺がいるという確信があった。それは俺がそうあってほしいと思う願望と言われればそうなのかもしれないが。

いつもなら痛み止めを飲めば簡単に引く痛みが、今日はどうしたことか全然軽くなる様子がない。むしろどんどん痛くなってきている。

これは少しまずいな。

仕事をここで切りあげて帰ろうと立ち上がった瞬間、バランスを崩してデスクの上に置いてあったものを落としてしまった。

静かなオフィスに派手な音が響く。しかしすぐに動き出せずに、その場に膝を抱えて座り込んだ。

「……っう」

痛みに思わず声が漏れた瞬間、社長室のドアがいきなり開いた。飛び込んできたのは琴葉だ。

またこのタイミングで、なぜ彼女がここにやってくるんだろう。

でもそんな疑問はどうでもよかった。彼女が手に届く場所にいるということ。その事実だけでも、四年間苦しんだあの頃よりもずっとずっと幸せだった。

第五章　最愛

「社長、脚が痛むんですね？　大丈夫ですか、今救急車を――」

バッグからスマートフォンを取り出しながら彼に駆け寄った。彼の苦しんでいる姿を見た私は、今にも泣きだしてしまいそうな気持ちを耐える。

「大丈夫だから、電話しまって」

彼はスマートフォンを持つ私の手を止めようとしている。しかしその顔は苦悶にゆがんでおり、そんな表情で大丈夫だなんて言われても信用できない。

「でも、あのときの傷ですよね？　まだ完治してなかったんですか？」

傷のことだけでもちゃんと彼から話を聞いておくべきだったと、いまさらながらに後悔する。

「いや、普段は問題ないんだ。季節の変わり目とか、雨の前とか時々痛む。いつもは薬飲んだら治まるんだけど今日は効きが悪い」

私を安心させようと、無理に笑顔を浮かべているように見えた。こんなときまで強がらなくてもいいのに。

悲しさや虚しさ、言いようのないごちゃまぜになった感情が胸の中に渦巻き、私の頬を涙が伝う。それを慌てて手で拭った。

痛いのも大変なのも私じゃないのに。四年前の自分の軽率な行動が今なお彼を苦しめていると思うと耐えられない。

「なんで琴葉が泣くんだ」

「だって……玲司が」

自分が苦しいのなら耐えられたのに。眉間にギュッとしわを寄せてなんとか涙をこらえようとする。

「そんな顔するなよ。だから琴葉には脚のこと知られたくなかったんだ」

彼は苦笑いを浮かべて、膝をかばいながら立ち上がろうとする。

私はそんな彼を支え、ソファに座らせた。

「玲司がどう思っていようと、このケガは私の責任だから。一生背負って生きていく」

彼の膝に手をあててそういうと、複雑そうな表情を浮かべた。

「原因は、色々な不幸が重なったとしか言いようがない。琴葉がそこまで罪悪感を持つ必要はないんだよ。だけど俺のことを琴葉が心配してくれているのはうれしい」

「心配だけならずっとしてた。そんなことで喜ばないで」

「琴葉、今自分が敬語忘れている自覚ある？」

「あっ……そういうことは気がついても言わないでよ」

彼が苦しんでいる姿を見て、言葉遣いまで気を回せなかった。

「これからも、ふたりのときはそうしてほしい」

「か、考えておきます」

「期待しておく」

「もう」

彼が本当にうれしそうな顔をしていたので、つられて笑ってしまった。

「いたたっ……」

「あっ、大丈夫？」

心配になって彼の顔を覗き込む。

「悪い調子にのった。琴葉、心配ついでにお願いを聞いてもらえるか？」

「うん、なんでも言って」

この状態の玲司を放っておけるほど、非情じゃない。

「悪いがマンションまで送ってもらえると助かるんだが」

「もちろん。もともとそのつもりだったから」

私が答えると、彼はうれしそうに笑った。その笑顔は普段の外向きのものとは違う。

四年前と同じ笑顔を彼は私に向けていた。

彼を支えながら、タクシーに乗り込む。二十分ほどした場所にある高層マンションが今の彼の住まいだ。

脚の痛みはずいぶんましになったのか、少し引きずりながらだが自分で歩けるようになっていてホッとした。しかし負担をかけるのはよくないので荷物は私が運んだ。

「助かるよ。ほかの人にこういう姿は見せないほうがいいから」

会社のトップの体調不良などが、経営の不安につながったりもする。

だから中野社長も近しい間柄の私や君塚にさえ自身の体調については話をしていなかった。

「ちょうど気がついてよかった。忘れ物を取りに戻ったんだけど、たまには私のおっちょこちょいも役に立つね」

エレベーターの中で肩をすくめて見せると、彼がほほ笑んだ。

部屋の鍵はスマートキーになっているらしく、彼が近付くと自然に解錠された。

「これってうちのシステム？」

「あぁ、そうだ。気に入っているよ。できれば自分がいいと思ったものを顧客に販売したいから中野社長にお願いして導入した」

ライエッセの仕事内容をしっかりと理解し、私たちとともに大きくしようとしてくれているのだと実感できた。

最初は業界のことを知らない素人が社長になったと眉を顰《ひそ》める社員もいたけれど、彼のこういうところを見て、今となってはみんな信頼を寄せている。

「どうぞ。お茶くらい淹れるよ」

ここは辞退すべきだとわかっているけれど、彼が今どんな部屋に住んでいるのか興味がある。

好奇心に逆らえずに「お邪魔します」と彼のあとに続いた。

玄関から続く廊下には、知らない画家の絵画が飾られていた。突き当りの扉を開くとリビングになっているが、大きなソファと本棚、それと観葉植物くらいしかない。

目につくものはそれだけ。いいように言えば非常にシンプルで、別の言い方をすれば殺風景ともいえる。

「ここには寝に帰るだけだから。なんにもないだろ」

私が抱く感想が想像できたのだろう。

「うん。せっかく広いのにもったいないね」

「もったいないか。そんなふうに思ったことはなかったな」

彼が笑いながらキッチンに向かっている。

「あの、すぐに帰るから。気を遣わないで」

あまりうろうろして、脚がまた痛み出したらと思うとじっとしていてほしかった。

「いいから。お茶出して君を引き留めようとしてるんだから、邪魔しないでほしいな」

彼にまだ一緒にいたいと遠まわしに言われて、心の中で喜んだ。距離を取るべきだとわかっているけれど、なかなかコントロールが難しい。

彼がゆっくりとグラスに入ったお茶を持ってこちらに向かってくる。私はソファから立ち上がり、それを受け取りに行った。

「ありがとう。もうだいぶよくなったからそんなにケガ人扱いしないでくれ」

「あんなに痛がっていたら立派なケガ人だよ。また痛くなるかもしれないから、無理は禁物」

ゆっくり歩く彼に付き添ってうしろからついていく。ローテーブルにグラスを置くと、ソファに彼が座ったので、私も隣に座った。

しばらくどちらも黙ったまま、お茶を飲んでいた。だけどそこにきまずい空気はなく、だけどどこかくすぐったくてそわそわしてしまう。

過去にもこんなことがあったなと、記憶をたどって思わず笑ってしまった。

「なに?」

私がいきなり笑ったので、疑問に思うのは当然だ。

「ちょっと思い出したの。たしかはじめてのデートのときがこんな感じだったなって」

会話が弾んでいないわけじゃない。でもふと言葉がなくなるときがあった。あの頃は相手を意識して緊張して、お互いを探り合っていた。

「そうだったな。俺もがらにもなく緊張してた」

「そんなふうには見えなかったよ。私から見た玲司はいつも余裕で歳が三つしかかわらないのにすごく大人に思えてた」

「それは琴葉の前で、頑張って無理していたからだ。俺だって好きな女の子落とすのに必死だった」

当時の大切な思い出をふたりで掘り起こす。これは相手が彼でなければできないことだ。

「俺たちって、いい思い出たくさんもってるんだよな」

彼の言う通りだ。私たちには数えきれないほど素敵な思い出がある。

でも今の私は、それだけじゃなくて彼とのこれからを考えてしまっている。

「琴葉、これ覚えているか？」

彼がポケットから出したものを見て驚いた。

「どうして……これが？」

「琴葉が俺にプレゼントしてくれたんだろう？」

「たしかにそうだけど」

注文をしてすぐに離婚が決まった。彼に渡せないものを受け取りに行く勇気がなかった。代金はすでに払っていたので、申し訳ないと思いつつ、そのままにしてあったものだ。

もうとっくに、処分されていると思っていたのに。

「ちゃんと俺のところに届いた。少し遅れて一年半前に」

「当時は自分のことで精いっぱいで……気に掛ける余裕すらなかった。きっとお店の人は迷惑していたよね」

「迷惑というよりも、俺に渡せてホッとしたって顔をしていたよ。店じまいをするから、どうしても俺にこれを渡したかったみたい」

店主が受注伝票をたよりに、玲司のもとに届けてくれたようだ。

「きっと向こうも琴葉のことが心配だったに違いないよ。そのときに聞いたんだ。琴葉がどんな思いでこれを、俺にプレゼントしようとしてくれていたのかを」

たしかそうだった。あのときは玲司と会えず絶望しているときだった。

誰にも話を聞いてもらえず店主にあれこれと話をしたのを覚えている。面倒な客だっただろうに、やさしく話を聞いてもらえた。

玲司は店主から、そのときの話をどこまで聞いたのだろうか。

彼が私の目をまっすぐ見つめる。

「琴葉、この間の告白は成りゆきや勢いじゃない。君はずっと俺の心の中心にいた。どんなにつらいリハビリのときも、元気になって琴葉を迎えに行きたいってずっとそればかり考えていたよ」

本当ならずっとそばについていたかった。どんな彼でもどんなときでも支えになりたかった。

でも私がそばにいるよりも、北山家で手配した医療のほうがずっとそのときの彼には必要だったのだ。

「わ、私の手紙読んだでしょ？　あんなひどいこと書いたのに、まだそんなこと言っているの？」

「たしかに最初は別れることが琴葉のためだと思った。一生歩けない俺と一緒にいたって、琴葉が苦労するだけだから。だから離婚した」

「そうよ、それで正解なの」

私の言葉に彼は首を振った。

「でも歩けるようになれば問題はないだろ。介護が嫌で別れたいなら、俺の脚が今まで通りに動けばいい、それだけのことだって思えたんだ。途中からはそれが俺の支えになっていた」

簡単に言っているが、並大抵の苦労ではなかったはずだ。

「いつか必ず問題なく歩けている姿を琴葉に見せようと思っていた。そのときにほかの誰かのものになっていたとしても、琴葉の罪悪感を拭えると思ったから」

「なんて人なの……」

抑えていた感情が爆発して、涙が我慢できなくなってしまう。彼はずっと私のことを思い続けてくれていたのだ。

「仕方ないだろ。琴葉がなにを言っても俺は君を忘れられなかったんだから」

なんの取り柄もない私。唯一できることが、彼を自由にして北山家からの援助を受けさせてあげることだけだった。

私は、夫婦でいることをあきらめてしまったのに、彼は強固な思いでいつかもと通りにしようと努力し続けていた。

どれほど強い人なのだろう。

こんなにも思われて、私は彼になにを返すことができるだろうか。

「琴葉はなにも悪くない。俺たちは四年前の選択をやり直すべきだ」

彼のまっすぐな瞳に射抜かれる。すぐにうなずきたい気持ちをぐっと抑える。

そうできたなら、どんなにいいか――そう言葉にしてしまいたい。

でもできない。たくさんの人と約束をしたから。

「そんなの……無理だよ」

「どうして？　琴葉が俺のもとを去ったのは、北山の圧力のせいなんだろう？」

「知ってたの？」

驚きで目を見開き玲司を見る。彼はゆっくりと力強くうなずいた。

しかしだからと言って、受け入れられない。私と彼の立場が変わったわけじゃないんだから。

「私じゃ、あなたにふさわしくないもの」

彼とやり直そうと思っても、結局また同じことの繰り返しになってしまう。また彼と引き裂かれるようなことがあれば、私はきっと壊れてしまう。

それならば……今のままでいい。

「そのことはもう心配しなくていい。全部俺に任せて。絶対に琴葉を守るから」

その目には、強い意志が込められている。

どうしよう……私。

こんなにも真剣な彼の申し出に、なんというべきなのかわからない。

「俺の気持ちはなにがあっても変わらない。だから琴葉は琴葉で過去じゃなくて未来の俺たちのことをもう一度考えてほしい」

うつむいたままの私に、彼はやさしく声をかけた。煮え切らない態度の私を責めるでもなく待ってくれている。

好きなのに応えられない。でもそばにいるから惹かれてしまう。

苦しいのに……彼のそばにいたい。

矛盾だらけの感情を抱えながら、私は彼の家をあとにした。

日常生活を送っていても、ふと彼の言葉が思い浮かぶ。

感情に流されて結論を出していい話じゃない。

私が一番に気にしているのは、お義母さんのこと。私が離婚を受け入れたのは、彼女の願いを聞いたからだ。いくら尾崎さんに離婚を迫られても、拒否していたけれど、お義母さんに言われると受け入れるしかなかった。

お義母さんとの約束を反故にしてしまったら、彼女の北山での立場が悪くなるのではないだろうか。

結婚していた当初少し話を聞いただけだが、事情があって結婚できなかったけど、心の中で玲司の父親を思い続けているという話を聞いていた。

やっと相手に受け入れてもらえるようになったのに、私が約束をやぶってぎくしゃくしてしまわないか心配なのだ。

それと同じく玲司の立場だって、私の存在が原因で悪くなるかもしれない。ああいった家を重んじる人たちにとって、私は目障りに違いない。だからこそ四年前、私は離婚するように迫られたのだ。

「はぁ」

いけない仕事中だった。明らかに処理能力が落ちており仕事が終わらず残業中だ。今までは悩みがあっても、仕事をしていれば忘れられたのに今回ばかりはうまくいかない。

社会人失格だわ。

棚の上にある資料を取ろうとしてのぼった脚立の上でうなだれる。

「えっ、あ!」

余計なことを考えていたせいで、足をふみはずした。落ちると思った瞬間誰かが支えてくれた。

「君塚」

さっきまでフロアに誰もいなかったので、いきなり彼が登場して驚いた。

「お前なぁ、危ないからぼーっとすんなや」

呆れた様子の彼だったが、私が脚立から下りるまで支えてくれる。

「ありがとう。ごめんね」

自分でもそう思う、面目ない。

「なにやってるんや」

「そうだよね、脚立乗ってるのにふらふらしてて危ないよね」

君塚に叱られて反省する。彼の言う通りだ。

「違う、ここ最近の話や。お前いったい、どうしたんや」

「え?」

彼の言葉に私は首を傾げた。

「俺が気がつかんとでも思てるんか？　仕事にも集中できてないみたいやし。もしかして俺が告白したから悩んでるんか？」

心配そうな顔をされて、私はとっさに否定した。

「違うって、全然それは気にしてないから」

その言葉を聞いた君塚の顔がさっと曇った。

そこで私は自分の失言に気がついた。あまりにも彼に対して失礼だった。

「ごめん、そういうことじゃないんだけど」

なにを言っても言い訳がましくなりそうで、どういう言葉を選べばいいのか悩んでしまう。

「今のはちょっと効いたな」

彼が無理して笑おうとしている姿にますます罪悪感が湧いてくる。ここで中途半端にごまかしたり逃げたりしたら、また彼に嫌な思いをさせてしまいそうだ。

ほかの人に惹かれている状況で、彼のことを考えることはできない。結論が出ているならば早めに相手に伝えるのが最良だ。

「君塚この間の話なんだけど」

「今それ聞きたないわ」

彼がそう言うのも無理もない。

「でもいつまでもこのままじゃ、よくないと思うの」

私の言葉に、彼は無言でうなずく。一応話は聞いてくれるようだ。

「君塚のことは尊敬も信頼もしている。一緒にいて楽しいし、今後もそうしたいと思ってる」

「それなら――」

「待って。最後まで話を聞いて」

私は一歩せまってきた君塚を落ち着かせるように、両手を前に出して距離をとる。

「君塚は大切だよ。でもそれは春香と同じような感情なの。恋愛ではないの」

「なんやそれ。一緒にいて楽しいなら俺はそれでええ。そのうち気持ちが変わるかもしらんやん。結婚がこりごりやっていうなら、一緒におるだけでええやん」

しかし君塚は納得できないようだ。ちゃんと向き合ってくれた彼のためにも、私も自分の心の内を彼に見せるべきだと決心する。

「誰にも言ってないんだけど、私離婚した相手が忘れられないの。今までもこれからもずっと彼が好きだと思う」

自分の心の奥底にしまってきた言葉だ。

「その男を一生ひきずって生きるつもりなんか？」

私はしっかりとうなずいた。四年間頑張ったけれど、なにも変わらなかった。

「相手がどうとかじゃないの。私が忘れられないから、どうしようもないの」

そうどうしようもないのだ。どんなに努力したところで彼以外の人間に同じような感情を抱けるとは思えなかった。

「君塚だからダメなんじゃない。彼じゃないとダメなの」

ひどい言い方だと思う。けれどはっきりと口にしなければ、私の決心は伝わらない。

「琴葉」

君塚が私の右手を掴んだ。ハッとして彼の顔を見る。

すぐに離れようとする。けれど彼は余計に距離を詰めてきた。

「そんなあからさまに避けられたら、俺かて傷つくやん」

いつもの軽口を言っている雰囲気ではない。

――怖い。

私はこのときはじめて君塚を男として認識したのだと気がついた。

「なぁ、俺じゃダメなん？　俺ならお前のこと理解してやれる」

じりじりと距離を詰められて、壁際まで追い詰められた。彼が壁に手をつくと、私の逃げ場がなくなってしまう。

嫌だ。玲司だと恥ずかしさやときめきがあるのに、君塚にはそれを感じない。

私にとって恋愛感情をいだくのは、玲司だけなのだ。

「君塚悪ふざけはやめて」

「この態度でふざけてると思うなら、琴葉お前そうとうおめでたいな」

ふざけてると言えば、いつもみたいに笑って「冗談や」と言ってくれると思ったが当てが外れてしまう。

どうやら彼を怒らせてしまったようだ。

どうしたらいつもの君塚に戻ってくれるの。自分にとって大切な同期だから、これからも今まで通りに付き合いたいと思ったのは、虫がよすぎるの？

自分の考えが甘かったのだと思い知ったところで遅いのかもしれない。どうすることもできない私は、その場でうつむいた。

「会社でそういうことは感心しないな」

ふたり以外の声が聞こえて、ハッと顔を上げる。

この声は……。

気がついたときには、玲司が君塚の肩を掴み私から距離を取らせていた。

「社長」

君塚が驚いているうちに、私は壁際から抜け出しとっさに玲司のうしろに隠れた。

それを見た君塚はおもしろくなさそうに、眉根にしわを寄せる。

「場所は悪かったけど、ただくどいてただけです。部外者は黙っていてください」

「それがそういうわけにはいかないんだよ。彼女は俺の大切な人だから、傷つけるやつは相手が誰だろうと許さない」

「社長、なにを言いだすんですか⁉」

慌てて止めに入るが、すでに遅かった。君塚はじっと玲司を睨んでいる。

「社長もですか？　でもやめといたほうがいいですよ。こいつ昔の男が今でも忘れられんみたいなんで。四年も前からずっと引きずってるらしい。これから先も、その男以外は好きにならんって今宣言してました」

ああ、なんで本人にそれをばらしてしまうの？

君塚は私と玲司が四年前に別れた元夫婦だってことは知らない。だからなにも考えずに口にしたのだろう。

それを聞いた玲司は、うしろにいる私にゆっくりと振り向いた。

「それは本当なのか？」

君塚にそう説明した手前、否定することもできない。かといって、玲司本人の前で好きだと告白するようなこともできない。

どうすればいいの、神様！

黙ってうつむくしかない私は卑怯なのかもしれない。

しかしこのままでこの状況が収まるわけない。

玲司の質問には、皮肉なことに君塚が答えた。

「嘘やない。俺が今この耳で聞いたからな」

そう彼はなにも悪くない。ただタイミングが悪かった。

「わかった。鳴滝さんは四年前に別れた男を今でも、そしてこれから先もずっと思い続けるってことなんだな」

「そうや。だから俺も社長も琴葉を手に入れるチャンスはないってことや。残念やけどな」

君塚の自虐めいた言葉がフロアに響く。

「それはそうとして、先ほどの行為は上司として見逃すわけにはいかない」

君塚は玲司の言葉に、ギュッと唇を噛んだ。

「それは……ごめん、琴葉。俺最低なことしたな」

肩を落とす君塚の顔には後悔の色が浮かんでいた。おそらく一時的にかっとなってしまい取った行動だったのだろう。

「自分の思い通りにならへんからって、ほんまに申し訳なかった」

深く頭を下げる彼に、私は大丈夫だと伝えた。

あやまるなら壁ドンのことよりも、玲司にあれこれ暴露したことを反省してほしい。

しかしそう言ってなじるわけにもいかず、私は引きつった笑みで君塚を許す。

「今日のことは、私も悪かったから忘れる。だからまた同期として仲良くしてくれる？」

「琴葉……」

君塚はまだなにか言いたそうにしていたが言葉を飲み込んだ。そしてしっかりと顔を上げ私のほうを見た。

「これからも同期として、仲良くやっていこう」

「うん」

私がうなずくと、彼はホッとしたような顔をしていた。次に隣に立つ玲司のほうへ体を向けて勢いよく頭を下げた。

「北山社長にもご迷惑をおかけしました。今後彼女とは、適切な距離を保ち接していきます」

「そうか、鳴滝さんがそれでいいって言うなら、俺からこれ以上なにか言うことはない。ただ次に同じようなことがあったら見逃すことはできない」

君塚に鋭い視線を向け、しっかりと釘を刺している。

「俺は彼女から少し話を聞くから、君は先に帰りなさい」

話があるって、なんの話だろうか。尋ねなくても予想はついている。

「あの、私も……今日はもう遅いのでこのくらいで」

遠まわしにもう帰りたいと伝えてみる。しかしそれを玲司が許してくれるわけなかった。

「いや君からは少し話を聞いておく必要がある。君塚くんお疲れさまでした」

まるで追い出すかのように、君塚を送り出す。彼は気まずさも手伝ってすぐにフロアを出て行った。

さっきは君塚のことを一瞬だけど怖いと思ったのに、今はこの場にとどまっていてほしかったという思いがある。

思わず未練がましく君塚の背中を追いかけてしまう。

「琴葉」

「は、はい」

もう下の名前を呼ばれても、訂正する気力すら残っていない。

振り向いて顔を上げると、にっこりと笑みを浮かべる玲司がいた。

「ちょっと俺と話そうか？」

私に判断をゆだねているようで、答えは〝はい〟しかないこの状況だ。

うなずくと彼はデスクに置いてあった私のバッグと掴んだ。

「ついて来てほしいところがある」

「ど、どこに行くんですか？」

「ついてくればわかるから。それに大事な話をするのに誰かが来て邪魔されたくない」

たしかにこれからする話は、会社でしないほうがいい。抵抗したところで今日はきっと話をするまで帰してくれないだろう。バッグはすでに人質ならぬモノ質にされてしまっている。

「わかりました」

「素直でよろしい」

彼は満足したようにうなずくと、私のバッグを持ったまま歩き出した。

会社の前でタクシーに乗る。彼が告げた住所を聞いてまさかと思ったが目的地に近付くにつれて予想が当たっているのを確信した。

そしてタクシーが停車する。ドアが開いたのに私は降りるのをためらってしまった。

「琴葉、降りて？」

「うん」

なんとなくこの四年間ずっと避けていた場所だ。なぜ今になって連れてこられたのかわからないが、ここは彼の言う通りにするしかない。

エレベーターに乗ると、無意識に四階のボタンを押した。体がまだあの頃の習慣を覚えているのが不思議だった。

「でもあの部屋に行ってどうするの？　今はほかの人が住んでるでしょう？」

こんな夜遅くに迷惑ではなかろうか。

四階に到着して前を歩く彼についていく。

「誰も住んでない。俺と琴葉の部屋だから」

彼は振り向きもせずにそういうと、私のプレゼントしたキーケースを取り出して部屋の鍵を開けた。

「え……」

彼が扉を開いて「どうぞ」と言う。なんで四年前に解約したはずの部屋が？

言われるままに中に踏み込んで、私は驚きのあまり足を止めてしまった。

時間がここだけ、四年前で止まっているようだ。

そう思えたのは、あの頃と部屋の状況がなにも変わっていないからだ。玄関には私が置いていった傘や、一緒にドライブに行った先で買ったポストカードがそのまま飾られていた。

彼がなにも言わずにどんどん歩いていくので、それについていく。リビングも玄関と同じくあの頃のままだった。不思議な感覚を抱きつつも、懐かしくてあちこち見てしまう。

「ほとんど、あの頃のまま残してある」

たしかにそうだ。その上どこにも埃や散らかっているところがなく整えられていた。

それをしていたのは、もちろん玲司だろう。

「案外綺麗にしているだろう。毎週なんだかんだ理由つけてここに来ているからな」

「なんでそんなこと」

彼が今住んでいるのは、別のマンションのはずだ。先日彼を送り届けたので間違いない。

彼は歩きながらチェストのある場所に移動した。そこに飾ってある写真立てももちろん当時のままだ。笑顔のふたりの結婚式の写真。

「俺にとって琴葉との大切な場所だから、失うなんて考えられなかった。ここに来れば琴葉を感じられる」

そんなふうに思いながら、四年間もこの部屋を維持していたなんて。彼の思いが一度も途切れなかったことの証拠のようで、感動で胸が痛い。

私がいないこの部屋で過ごすのは、どういう思いだっただろうか。決して帰ってこないのに、どんな思いで彼はここにいたのだろうか。

彼がリビングの入り口で立ったままの私のもとに戻って来た。

「琴葉、今の俺はあの頃の俺じゃない。なにがあっても君を守ることができる。だから迷わずに俺の胸に飛び込んできてくれないか」

「玲司……私」

私の気持ちはすでに彼にばれてしまっている。そして私が彼に離婚を求めた理由もおそらくわかっているのだろう。それを承知の上でもう一度私に彼の手を取れというのだ。しかし私にはその覚悟がない。

「四年前、琴葉が頑張ってくれた。だから今は俺が頑張る番だろう」

私が迷っているのが伝わったのか、彼は説得に躍起になっている。それでも一歩を踏み出せない臆病な私。

彼はその背中を必死になって押そうとしていた。

「玲司……私、お義母さんや北山の人と色々あって」

「わかってる、言わなくてもわかってる。結婚するときに琴葉だけは守るって思っていたのに。結局俺が琴葉に守られていたんだな」

「私、あなたをちゃんと守れていた？」

玲司は私の問いかけに、強くうなずく。

「もちろんだ。今目の前にいる男はしっかりと自分の脚で立っているだろう。自らの意志で行きたいところへ行ける。だから琴葉を迎えにきた」

四年前の私の選択は間違っていなかった。あの胸を引き裂かれるような苦しみも彼の今と引き換えと言われたら、一切の後悔はない。

「これからは、命をかけてでも琴葉を守りたいんだ。だからそばにいてほしい」

自分を犠牲にするのを厭わないほどの相手に、こんなこと言われたらもう耐えられなかった。

「またあなたに好きって言ってもいいの？」

ずっと心の奥底にしまってきた気持ちだ。けっして自分の中から出してはいけない思い。けれど一生私の中に生き続ける。

時々浮上してくるたびに、苦しくてなくなってしまえばいいと思ったことすらある。

でも今は報われたこの気持ちを思いきり彼にぶつけたい。

「玲司、好き。ずっとずっと好きだった」

告白を聞いた彼に抱きしめられ、彼の温度に包まれる。

「あぁ琴葉。ずっとその言葉が聞きたかったよ。夢のようだ」

そう夢の中にいるようだ。そう思えるほど私は彼の腕の中で今まで感じたことのない幸福に涙を流していた。

「玲司、ただいま」

「おかえり、琴葉」

彼の腕の中で顔を上げる。しっかりと目が合う、至近距離で彼と見つめ合うとその漆黒の瞳に自分が映っていた。

彼の中に私がいる。

彼の存在を確かめるように、私は手を伸ばして彼の頬に触れる。彼は嫌がるそぶりもなく、私のしたいようにさせてくれていた。

私からいっさい目を離さない彼の目に吸い込まれてしまいそうだ。

そう思った次の瞬間、私はキスの予感に目を閉じた。

触れるだけのキスだった。柔らかい彼の唇は昔の甘い記憶を呼び起こすとともに、今の私の胸をどうしようもないくらいときめかせた。

お互いに見つめ合い、二度三度キスを繰り返す。回を重ねるごとに深くなるキス。私は彼の背中に腕を回してギュッと抱きしめた。

体中で彼を感じる。

「玲司、好き。好きなの」

自然と口から零れ落ちた。これまで抑えつけていたせいか、どうも我慢ができない。

彼は私の言葉に応えるように、情熱的なキスを繰り返した。

「んっ……」

彼から与えられる熱量に、脳内がくらくらする。立っていられなくなった私は、気がつけば壁を背に玲司に支えられていた。

逃がさないと言われているようなキスに、体中が熱くなっていく。

私の気持ちを彼は余すことなく受け入れて、そしてそれ以上の気持ちを返してくれている。

「うれしいよ、琴葉。俺は君をこうやって腕に抱く日を何度も夢見た。でも、夢じゃないんだな。夢じゃない」

彼が私を抱きしめる腕に力を込めた。それはまるで私の存在を確かめるような仕草だった。

彼の大きな手のひらが、私の腕や背中や腰をゆっくりと這っていく。

「今すぐに、奪ってしまいたい……だが、もう一度琴葉の全部を俺のものにするには、まだ早い」

彼はお互いの気持ちが通じ合った今なお、私の憂いをすべて晴らそうとしていた。

「私、そういう玲司が……やっぱり好き」

素直に思ったことを口にしたのに、彼はなぜだか困った顔をする。

「琴葉、君は俺の忍耐力をこの期に及んで試しているのか？」

「そ、そんなつもりじゃないんだけど……」

無意識に彼を煽ってしまっていたようだ。

「いいさ、その日まで覚悟しておくんだな」

色気にまみれた彼の笑みに、これ以上余計ないことを言わないように心に誓った。

第六章　真実

この塀、どこまで続くんだろう。

ものすごく緊張している中でも気になってしまうほど、永遠と続く高い塀。やっと途切れたのは立派なアイアン製の門扉が見えたところだ。

車が近付くと門がゆっくりと開く。その様子に一般庶民である私は驚きを隠せなかった。

「俺がはじめてここにきたときと、同じ反応だな」

隣で運転をしていた彼が、クスクスと笑っている。

「だって、こんなすごいシステム見たことないんだもの」

「だよな。いったいどんな人が住んでいるんだろうな」

あなたの実家じゃないの？と、言いかけて彼にとってここはどういう場所なのかと考えた。

実家というと、お義母さんと過ごしたあの家のほうがしっくりくるだろう。それに成人してから父親だとわかった北山会長に対してはどういう感情を抱いているのだろうか。

とりあえず関係は良好だとは言っていたけれど。

どうしても私は身構えてしまう。四年前の離婚は北山家の意向だった。そう思うとどうしても心も体もかたくなになってしまう。

また私が邪魔だと思われたらどうしよう。

「心配するな、なにも問題ない」

私の憂いが顔に出ていたようだ。玲司は車を停めると膝の上にあった私の手をギュッと握って勇気づけてくれた。

玲司が良好な関係だというなら、四年の間に彼が努力をしてお互いの理解を得たためであろう。

おそらくそうでなければ、私をこの家に連れてくることはないだろうし。

彼に勇気をもらい車を降りた。

家の立派な入口では使用人らしき人が、私たちの到着を待っていた。

迷いなく玄関に向かっている玲司の姿を見て、彼が間違いなく北山の人間なのだと実感する。

「おかえりなさいませ」

数人に出迎えられた玲司は慣れた様子だ。こういう体験がはじめての私は、仰々しいお出迎えにますます緊張してしまい、頭を下げるのが精いっぱいだった。

「ただいま、会長は？」

「応接室にてお待ちいただくようにと仰せつかっています」

壮年の男性が先だって歩く。私たちはそれについていった。

「大丈夫？　ずいぶん静かだけど」

「ダメかも。すごく緊張してる」

弱音を吐く私を励ますため、彼が私の背中にそっと手を添える。

「大丈夫、俺がついてるから」

そうだった。私は自分の気持ちに正直になると決めた。そして困難にも玲司と一緒に立ち向かうと決心したのだ。

こんなところで弱音を吐いている場合じゃない。

姿勢を正した私は、もう一度気持ちをあらたに応接室に向かった。

案内をしてくれていた男性が扉を開いた。

中にはまだ誰もおらず、ソファに座って待つように言われ従う。

彼と並んで座って、ぐるっと部屋の中を眺めた。家具や調度品はどれも品がよく落ち着いた屋敷の雰囲気にぴったりだ。天井も高く中央には輝くシャンデリアがあり、ここが個人の邸宅だと聞いてもどうしても納得できそうになかった。

「琴葉、ただの挨拶だ。そんなに緊張しなくていい。それにここでもし向こうがなにか言ってきても俺と琴葉が離れるなんてことはないんだから、心配する必要はない」

そうは言われても、過去のことがあるのでそれをすぐに受け入れられない。

「わかってる。玲司が一緒だもんね」

自分に言い聞かせるように口にすると、玲司が私の手の上に自らの手を重ねて落ち着かせてくれた。

深呼吸を二回したあと、部屋にノックの音が響いた。その途端やわらいだ緊張がまたぶり返してくる。

そんな私の様子を見た玲司少し笑ったあと「はい」と返事をした。

ゆっくりと扉が開く。先ほど私たちを案内してくれた男性の姿があった。

「旦那様をお連れしました」

私はその場に立ち、扉のほうを凝視する。車いすにのった六十代後半くらいのやせた男性が入ってきた。

そしてその車いすを押しているのは、尾崎さんだった。過去の記憶が甦ってきて緊張で体が強張る。それくらい彼に対する苦手意識が大きい。

「待たせたね。座って」

「はい」

会釈をしてソファに座ると、私たちの向かいに玲司のお父様である北山誠司氏がやってきた。

「すまないね。こんな姿で」

笑みを浮かべてはいるが、血色はあまりよくないし声も小さめだ。

たしか四年前、玲司を跡取りにと望んだのは、本人の体調に不安があったためだ。現在の病状について玲司から歩くのもままならないと聞いていたが、ここまでとは思わなかった。

「お父さん、お加減はいかがですか？」

「ああ、今日はすごく気分がいい。息子が彼女を連れて会いにきてくれたからかな。君が玲司の大切な人か」

視線を向けられた私は頭を下げた。

「鳴滝琴葉と申します」

「琴葉さん、見かけ同様かわいらしい名前だ」

やさしく笑う表情を見ていると、雰囲気がどことなく玲司に似ている。

「お父さん、琴葉は俺のものなので、口説くのはやめてもらってもいいですか?」

「おいおい、心の狭い男は嫌われるぞ」

親子のやり取りを見ていると、お互いに気を遣っているのがわかる。けれど空気はそこまで悪くなかった。

「やっと私の琴葉を紹介できてホッとしました」

「玲司は別れた妻が忘れられないからと、ずっと縁談を断っていたんだ。琴葉さんがもう一度受け入れてくれなければ、こやつは永遠に独り身を通すつもりだったようだがこれで安心したよ」

会長の言葉に違和感を覚えた。

四年前、私と玲司の離婚を望んでいたのではないの?

厳しいことを言われると思っていたが、歓迎されているようで安心した。しかし予想と反する態度に戸惑ったのも事実だ。

「結婚は心通う相手とするのがいい。儂は色々と間違えてしまったからな」

お義母さんとの関係を暗に示しているようだった。奥様はすでに亡くなられているようだが、子どもには恵まれなかったらしい。だからこそ玲司を北山の家へと望んだと聞いている。

会長の結婚生活がどういったものだったのか、玲司も知らないだろう。ただお義母さんと結婚しなかったことを、そして玲司を共に育てられなかったことを後悔しているのかもしれない。

「息子が幸せになるんだから、あれもそろそろ儂のことを許してくれてもいいだろうに」

お義父様は力なく漏らした。

「母は頑固ですからね。だからこそ、私をひとりでここまで大きくできたんでしょう。ただ私にはわからないくらいの苦労や葛藤がたくさんあったと思います。人知れず泣いた日も少なくなかったはず」

会長は眉間に皺を寄せてかみしめるようにうなずいている。

「そんな立派な母ですが、最近ひとり暮らしが心配になってきたので、私からも色々と口添えしてみます」

玲司の言葉に顔をほころばせている。お互いの気持ち次第ではあるが、残された人生を共に過ごす可能性があるのかもしれない。

「あぁ、頼んだよ。琴葉さん今日はわざわざ顔を見せてくれてありがとう。儂が言える立場にはないのかもしれないが、息子のことよろしく頼みます」

「はい。お体大切になさってくださいね」

私ににっこりと笑いかけてくれた会長は「娘もいいな」と笑いながら、尾崎さんの押す車いすでそのまま部屋を出ていった。

「はぁ、緊張した」

途中でお茶が提供されていたのさえ、気がつかないでいた。少し冷めてしまっていたが喉が渇いていたのでちょうどよい。

「琴葉が心配するようなことはなにもなかっただろう?」

たしかに終始和やかに話をした。しかし話の中で持った違和感はいまだに消えていない。

「あのね、変なことを聞いてもいい?」

「あぁ、なんでもどうぞ」

玲司の言葉にホッとする。あまり楽しい話ではないからだ。

「四年前のことなんだけれど。私が離婚を切り出した理由は知っているのよね?」

以前、彼に北山からの圧力について聞かれたことがある。

「あぁ、母から話を聞いた。今でも申し訳ないと思っている」

この話をすると、玲司の顔が曇る。

「玲司が罪悪感を持つ必要はないのよ。私が勝手に選んだことだから。でもだからこそ気になるの、会長の言葉が」

「そのことなんだが、もう少し時間もらえるか？」

「うん、わかったけど……」

彼も私と同じように思っていたようだ。そしてその違和感の原因に見当がついているみたいだ。

玲司はこの場に案内してくれた男性を呼びなにか依頼している。男性は静かに部屋を出ていった。

ここで待っていればいいのだろうか。少し疑問に思っていると部屋にノックの音が響く。

「どうぞ」

玲司が返事をすると扉が開いた。そこに立っていたのは尾崎さんだ。

「玲司様、お呼びですか？」

「悪いね、忙しいところに呼び出して」

当時から北山家の連絡役として、私やお義母さんに指示を伝えていたのは彼だ。だから詳しい事情を知っている可能性があるのでここに呼ばれたのだろう。

相変わらず、感情が読めない表情で淡々としている。丁寧ではあるがそこに心がこもっていないといつも感じてしまう。

私たちが座っている近くまでやってきたのに、私のほうは一瞥すらしない。

「いいえ、お話とはなんでしょうか?」

向こうから話を切り出してきた。

「単刀直入に聞くが――」

そこで一度言葉を切って、玲司は視線を尾崎さんに向けた。

「尾崎、君がさも会長の希望だと言わんばかりに、琴葉に離婚を迫り、母に説得させたのか?」

え……。

思わず声が出そうになったが、すんでのところで耐えた。

「いきなりなにをおっしゃっているのですか」

尾崎さんは表情を変えずに、飄々としている。

「ここで否定しても意味がないことくらい、わかっているだろう。無駄に時間を費やしたくない。あなた自身の口から経緯を説明すべきじゃないのか? 父の奥様のためにも」

奥様？　今まで一度も話に出てこなかった人物だ。疑問に思うが、黙って話を聞く。

「姉のことを……そこまで調べているのなら、玲司様ならすでに理由などおわかりでしょうに……あなたのおっしゃる通り、おふたりが離婚するように仕向けたのは旦那様の指示ではなく、私がそのようにみせかけて勝手にやったことです」

尾崎さんの返事を聞いて、その衝撃に驚きを隠せない。

「なぜそんな勝手なことを。会長はあなたを信頼していたのに」

たしかに先ほど会長の車いすを押している姿は献身的に見えた。彼を裏切るようなことをするのにはなにか理由があるのだろう。

「なぜ？　あなたがそれを言うのですか？　あなたたち親子の存在が私の姉をどれほど苦しめたと思っているんですか？」

怒りに満ちた目で玲司を睨んでいる。今まで一度も感情を表に出さなかった尾崎さんがはじめて心の内をあらわにした。

「姉……それは会長の奥様のことだよな？」

会長の奥様はすでに亡くなられている。そのうえお義母さんと玲司は北山家とは一切連絡を取らずに、母子ふたりでつつましやかに暮らしていたはずだ。

それなのになぜ、玲司たち親子が彼女を苦しめたというのか？

「私は、姉の結婚と同時に北山家で会長の個人秘書として働きはじめました。ちょうど就職先を探していたところ姉の嫁ぎ先で働かないかと誘われて即決しました」

かなり昔の話にもかかわらず、思い出すそぶりすらなく話し続ける。

「仕事にありつけたのもありがたかったし、なによりも姉のことが心配だったんだ。政略結婚だなんて大丈夫なのかって」

身元がいくらしっかりしていても、人間同士なので相性というものがある。だから心配するのは至極まっとうなことのように思えた。

当時のことを思い出し語る尾崎さんからは、いつもの丁寧さが消えていた。おそらくこれが彼の素の部分なのだろう。

「姉は見合いのときに、会長にひとめぼれをしていて結婚をすごく喜んでいたんだ。だからこそ気がついたんだろうな。いくらやさしくされても会長の心が自分にないことを」

ああ、やっと話の筋が見えてきた。

「うちの母と会長は、見合いの前にはすでに別れていたはずだ。俺たちの存在をわざわざ調べたのか？」

「そうみたいだな。女の勘とは恐ろしいものだ」

尾崎さんはうっすらと笑ったが、目はするどいままだ。

「しかし俺は会長とは四年前までつながりがなかった。それなのに俺たちの責任にするのはおかしいだろう」

玲司の言うことはもっともだ。玲司たち親子は北山との関係を絶って過ごしていた。お義母さんは会長の立場を理解していて、そうすることが彼のためひいては北山のためになると信じていたからだ。

だから玲司は四年前まで自分の父親について、一切知らずに生きてきたというのに。

「つながりがない？　血のつながりがあるじゃないか！　それがどれだけ姉を苦しめたと思ってるんだ。お前たち親子は存在するだけで迷惑だったんだよ」

尾崎さんの言葉に、玲司は言葉を失くしている。

その様子にひどく胸が痛んだ。なぜ玲司やお義母さんがそんなひどい言われ方をしなければいけないのか理解できない。

「……謝ってください」

私は我慢できずに口を開いた。玲司の存在を否定した尾崎さんの言葉が絶対に許せなかった。

「彼は私にとってなにを犠牲にしても大切にしたい人なんです。あなたなんかにそんな言われかたをされていい人じゃない。謝って！」

思わず大きな声が出てしまった。

これまでも尾崎さんからは、ひどい要求や態度をとられてきた。それでも我慢してきたのは玲司のためだと思ったからだ。

それなのにそのすべてがただの彼のうがった感情からくるものだったなんて。

「なぜ謝らなくてはいけない？　姉は夫に愛されずに恨みごとを言いながら死んでいったんだぞ。お前たち親子さえいなければ、姉はあんなふうにならずにすんだんだ。それなのにあとからやってきて全部持って行くのか？　じゃあ、姉の苦労はなんだったって言うんだ？」

尾崎さんは涙を流しながら叫んでいる。おそらくもうこれ以上私たちがなにを言ってもその耳には届かないだろう。

「やっと本音を話してくれましたね」

暴言をぶつけられているにもかかわらず、玲司は落ち着いていた。

「お前たちさえいなければ、姉は幸せになれたんだ」

「それはそうかもしれないし、そうでないかもしれない。あなたが勝手にお姉さんの気持ちを代弁するもんじゃない。それに復讐する相手が違う。それなら会長にはっきりと言ってやるべきだっただろう。所詮あなたのやったことはひとりよがりにすぎない」

尾崎さんは悔し涙を流している。彼も頭の中では理解しているのかもしれない。けれど感情が追いつかないのだろう。

「ただこれだけは言っておく。今後もし四年前のように琴葉を傷つけるようなことがあれば、俺はお前を決して許さない。負の連鎖はここで終わりにしてくれ」

玲司は今までと違い、脅しともとれるようなことを低い声で告げた。

「あなたにとって大切なものがあるように、俺にとって琴葉はかけがえのないものだ。そこは肝に銘じておいてくれ」

尾崎さんはなにも言わずにそこに立ち尽くしている。

「そこまでにしてやってくれ」

いきなり扉が開いて、外から入って来たのは会長だった。

「悪いが話は聞かせてもらった。儂のあずかり知らぬところで、まさか四年前にそんなことがあったとは。琴葉さんそして玲司、大変な思いをさせてすまなかった」

私はどう答えていいのかわからずに、黙ったまま会長を見つめた。

「儂は玲司には自由な結婚を望んでいた。だから琴葉さんとの結婚を否定したことは一度だってなかったんだ。それは儂自身の政略結婚で当時の恋人と別れることになり、彼女を傷つけたからだ。同じ思いはさせたくない」

玲司も会長と奥様の話を聞くのははじめてだったようで、黙って耳を傾けている。

「妻との結婚は恋愛結婚ではないが、彼女をないがしろにしたことは一度もない。だから玲司の母である恵子《けいこ》とは、別れてから妻が存命の間は一度だって連絡をとらなかった」

「そんなこと信じられるか。姉はずっとあの親子の存在におびえていた。子どももできずに夫にも愛されなかった姉の気持ちがわかるか？」

尾崎さんは興奮した様子で肩で息をしている。

「尾崎、誤解だ。儂は妻をちゃんと愛していたよ。彼女にまっすぐに向き合ってきた。だからこそ恵子や玲司とは接触をしなかった。もちろん彼女にも儂から話をしたことは一度もない」

「もしかしたら、そのことで隠し事をされていると誤解されたのでは？　実際私は四年前まで自分が北山の人間だと本当に知らなかったので」

尾崎さんは悔しそうに拳を震わせている。

「だったら、姉さんの勘違いだっていうのか？」

会長が悲しそうな顔でどこに視線を向けるでなく口を開く。

「そう思わせてしまったのは、間違いなく儂の責任だな。できた妻だったのに、そんな思いをさせていたとは……。最後まで本当にできた妻だったんだ」

会長は懐から一枚の封筒を取り出した。そしてそれを尾崎さんに渡す。

受け取った尾崎さんはすぐに中身を確認した。

「姉さんの字だ――え、どうして……こんな、こ、と」

尾崎さんが強く握りしめすぎて、紙がクシャッと音を立てた。内容を追っていた尾崎さんの目から涙があふれる。

「君の姉さんは本当にできた女だった。だから自分の死期を悟ったそのときに、儂にそんな手紙をよこしたんだよ。恵子と成人した息子の居場所を」

私は驚いて目を見開いた。玲司の存在を知らせたのが亡くなった奥様だったなんて。

隣にいる玲司も同じく驚いたようだ。

「儂たちの間に跡取りができなかったことを、最後まで気にしていたんだな。玲司を北山の家に迎えるように言ったのは妻だよ」

私は奥様の気持ちを考えると、胸が苦しくなった。最後どんな思いで玲司のことを会長に伝えたのだろうか。

「儂も悩んだ。だが血をわけた自分の子に会ってみたいという気持ちにあらがえなかった。だが妻の弟の君からすれば、裏切りに見えるだろうな。すまなかった」

まさか四年前の出来事の発端が、会長の奥様からの遺言にあっただなんて。

「でもこれだけは信じてほしい。妻と結婚している間は彼女だけと向き合ってきた。それだけは胸を張って言える」

会長は尾崎さんに断言している。

「そんな……姉さん。どうして」

「妻はそれだけ儂を思ってくれていたんだろうな。それなのに儂は結局誰も幸せにはできなかったんだな」

後悔のにじむ顔で悲しそうに笑っている。

なんとも後味の悪い話だった。みんなが誰かを思っているのに、うまくいかずに犠牲が生まれてしまった。

「玲司、琴葉さん。君たちは儂がまいた種でつらい思いばかりさせてしまったな。心から詫びる。北山の名を名乗るのがいやならやめてもいい。ふたりは自由に生きるべきだ。儂のように後悔するような人生を送ってほしくない」

最後の言葉の重みに私たちも静かにうなずくしかなかった。

帰りの車の中ではお互い話をしなかった。ただ私は今日聞いた真実を受け止め消化するだけの時間が必要だ。

静かな車内から外の景色を眺めていると、よく知った場所を走っているのに気がついた。

「ここって……マンションの近くじゃない？」

「あぁ、少し話をしないか？」

「うん、かまわないけど」

もとより今日は一日時間を取ってあるので、話をするのは問題ない。彼も今日はじめて知った話もあって気持ちの整理を落ち着く場所でしたいのだろう。

私もまたあの部屋に近いうちに行きたいと思っていたのでちょうどよかった。

「実はあの部屋、オーナーが変わるから退去しないといけないんだ。それで最後に琴葉と一緒に過ごしたいと思ってたんだ」

「そうなんだ。寂しいな」

実質住んだのは短い間だったけれど、思い出のたくさん詰まった部屋だ。その場所がなくなるのは寂しい。

部屋に到着すると、普段住んでいないせいかとても冷え込んでいた。

「ちょっと待てよ。ちゃんと暖房は効くはずだから」

彼がエアコンのボタンを押してしばらくしたら温かい風が室内に流れた。

「ちゃんとメンテナンスしてくれていたんだね」

「あぁ。ここに泊まる日も少なくないからな。だからあのキーケースも受け取れた」

「そっか、あれがあったから、私たちもう一度こうやって一緒にいられるんだね」

「あの店、もうすぐ閉店するらしいから、今度ふたりでお礼を言いに行こう」

「そうだね。早いうちに行かなくちゃ」

あの日注文だけして渡せなかったキーケースが、今のふたりをつなぐなんてあの頃は想像すらしていなかった。

もう二度と彼に会うことはないと思っていた四年間。自分の本音を無視して生きる毎日になれてしまったつもりだったけれど、こうやって今また玲司と過ごすことであの日々には戻りたくないと、強く思う。

もう二度と彼と、離れたくない。

「部屋をあっためているうちに、なにか飲み物用意するね」

物の配置は一緒に住んでいた頃とほとんど変わっていない。お茶くらいなら問題なく用意できるだろう。

「リクエストできるなら、琴葉の淹れたコーヒーが飲みたい。粉は冷凍してあるから」

「わかった。少し待っててね」

久しぶりにキッチンに立ってみると、あの頃見ていた風景がそのまま広がっていた。変わったのはそこにいる玲司が、四年のときを経てますますカッコよくなったことだ。

あやうくぼーっとしてしまいそうになる。ケトルにお湯を入れて沸かしながら、冷凍庫を開けた。

すぐに目当てのコーヒーの粉を見つけて扉を閉める。そのときに冷蔵庫のサイドに貼ってあるメモに目が留まった。

まさかとは思い、思わず凝視してしまう。

「ねぇ、玲司これって、もしかして四年前のメモ？」

「あ……それ」

彼が気まずそうに、リビングからキッチンにやってきた。

「これは玲司がいつ退院してもいいように作り置きして冷凍したものにつけたメモだよね」

【いっぱい食べて元気になってね】というメッセージは間違いなく私の字で書かれて

いる。容器に張り付けていたマスキングテープまでそのまま。メモには四年前の日付が書かれている。

「実はここに来られたのは事故から十カ月くらい経った頃だったんだ。すぐに見つけて食べたいって思ったんだけどさすがに日が経ちすぎてるからやめておいた」

そんなにも時間が経過していたなら、正しい判断だ。

「それは仕方ないけど、どうしてこんなメモが今でもここにあるの？」

食べられないと判断した時点で、廃棄処分したのだろう。なぜこのメモだけがここに残っているのだろうか。

「捨てられるわけないだろう。琴葉が俺に残してくれたものなのに」

少し気まずそうに顔を背けた。

「わかってる、自分でも女々しいって。だけど琴葉につながるものはなにひとつ手放したくなかったんだ」

気まずそうに口にする彼を見て、胸がきゅっと疼いた。気がついたら私は彼に抱きついていた。

「琴葉？」

「女々しくなんてない。あんなひどい言葉をなげつけた私を思い続けてくれてありがとう」

心からの気持ちだった。彼があきらめてしまっていたら、私たちの今はない。

彼は私を抱きしめ返した。彼の力強い腕の中にいると安心とときめきが両方押し寄せてくる。

「会長たちの話を聞いて、少しのボタンの掛け違いが大きな心の傷になるって思ったんだ。巻き込まれた俺たちは迷惑でしかないけれど、それでも色々と考えさせられた」

「そうだね」

お義母さんは会長のことを思って別れを選び、会長もまたお義母さんの意志を尊重した。そして結婚後は奥様を思っていたけれどそれがうまく伝わらなかった。

奥様も会長のことを心から思っていた。尾崎さんにしても姉を思う気持ちは本物だっただろう。

みんなが誰かを大切に思っていたはずなのに、うまくいかずにたくさん傷ついた。

「だからこれからは、みんなが幸せになる方法を探っていこう」

「そうだね。玲司らしい答えだと思うし、私もそうしたい」

調和を図るのがうまい彼らしい答えだと思う。

「そこで提案なんだけど」

彼は私を抱きしめていた手を緩めて、私を見つめた。

「琴葉、もう一度俺と結婚しよう」

突然のことに驚いた私は、言葉を失ってしまう。

再会して彼と向き合う決心をしたのは、ついこの間の話だ。これから離れていた四年間をふたりで埋めていくつもりだった。

「急な話で……驚いちゃった」

正直に今思っていることを伝える。

「俺としては急でもなんでもないんだけどな。琴葉が俺と違う苗字ってだけで落ち着かない」

玲司は私の頬に手を当てて、じっと私の目を見ている。まるで心の中を見透かそうとしてるようだ。

「でも考えてもみてくれ。そもそも俺たちが離婚したことが間違っているんだ。だからその間違いを正すだけ——って言い訳がましいな」

彼はもどかしそうに髪をかき上げている。

「ごめん、違うんだ。俺が伝えたいのは——」

綺麗な瞳にとらわれた私は、身動きひとつせずに彼の話を聞く。

「琴葉、愛してるんだ。もう一秒でも離れていたくない」

ギュッと痛いほど強い力で抱きしめられた私は、彼の言葉に心を締めつけられた。

こんなに苦しいほど愛しいと思う気持ち、彼以外には抱かない。

彼の言う通り、離婚という遠回りをしてしまった。そのぶんずっと一緒にいて空白の四年間を取り戻したい。

「はい。私をもう一度、あなたの妻にしてください」

私が顔を上げてそう伝えると、玲司の長い指が私の顎をとらえた。

「俺の妻は、生涯で琴葉しかいない」

彼はそう言いながら、私の唇にキスを落とす。

柔らかい唇が触れ、彼が私の腰に手を回して引き寄せた。それと同時にキスが深くなっていく。息継ぎをしようと唇を薄く開くと、それを待っていたかのように彼の舌が侵入してきた。

「んっ、玲司」

頭の中は彼でいっぱいで、ほかの事は考えられなくなる。夢中になってキスに応えていると、急に彼に抱き上げられた。

「ちょっと待って、玲司⁉」

「待たない。もう四年も待ったんだ。そんな必要ないだろう」

「たしかに、そうかもしれないけど」

私も玲司もずっとお互いを思い続けていた。だから彼の言っていることは理解できるけど。

「シャワーとか、ほら、あの――」

バタバタと脚を動かして抵抗するけれど、彼はお構いなしに寝室に向かっていく。

「会長や母さんを見ていて思っただろ？　人生は意外と短い。だから待つ時間ほど無駄なものはないんだ」

そんなふうに言われてしまうと、もううなずくしかない。

「そうだよね、私たちは四年間遠回りしたもの」

あの事故がなければ、私たちが別れることはなかっただろう。お互い苦しむこともなかった。

夕日に照らされた寝室に到着し、彼が私をゆっくりとベッドに下ろす。

「たしかに、真っ暗な四年だった。でもいつも琴葉を思うと明るくなっていったよ。君への思いを強くできた期間だと思うと、全部が全部無駄だったわけじゃない」

「さすが玲司だね。私あなたのそういうところがすごく好き」

私の隣に座っていた彼の顔を覗き込みながら伝えた。

どんなに人生に絶望するようなことがあったとしても、その中で努力を重ねなにか大切なものを見つけていく。

「琴葉、今それを言うってことは、色々覚悟ができているってことだろうな？」

「ん？」

最初は言っている意味がわからなくて首を傾げたが、すぐに理解した。彼の手が私の手を取りそこに口づけたのだ。

「あ、でもそういう意味じゃなくて──」

「いや、煽ったのは君だ。責任は取らなくちゃいけない。そうだろう？」

「うん……えっ」

思わずうなずいてしまったけれど、本当にそうだろうか。

「待って。私、煽ってなんかない」

「さっき琴葉はうなずいたよな。だからもう容赦はしない」

ベッドに乗り上げた彼が、どんどん私に迫ってくる。そして鼻先がくっつくほど近くで囁いた。

「キスして、琴葉」

彼の甘くて低い声は、まるで催眠術か媚薬のように私の脳内を支配していく。

私は彼の首に腕を回し目を閉じた。そしてそっと彼の唇に私のそれを重ねた。

唇を離して彼を見つめていると、彼は色気に満ちた目で私を誘惑する。

「琴葉、もっと欲しい」

彼はそう言うや否や、私の後頭部に手を添えてキスをしてきた。深くて濃厚なキスに体が熱を帯びる。

くらくらするようなキスに体がとろけはじめ、その激しさに唾液が唇の端からこぼれた。彼がそれをなめとると同時に、首筋に舌を這わせる。

新しい刺激に体はビクンと大きく跳ねた。それに気をよくした彼がゆっくりとしかし確実に私を甘い艶美な罠に落としていく。

刺激を敏感に感じたとった私が体をしならせると、そのタイミングに合わせて彼は私をうつぶせにした。

「服が邪魔だな」

独り言のようにそう呟いた彼は、ワンピースの背中のファスナーを下ろしていく。

素肌に直接空気が触れる。

「寒い？」

私は声を出さずに、首を左右に振って答えた。

「そうだよな。琴葉の体、もうすごく熱くなってる」

「……っう。そういうこと言わないで」

わかっていても指摘されると恥ずかしい。

「照れなくてもいいのに。いっぱい反応してくれる琴葉。無茶苦茶かわいいよ」

そうやってもっと私をドキドキさせるのはやめてほしい。ただでさえ、胸が張り裂けそうなほどうるさく、体はすでにしっとりと汗ばんでいる。

私が煽ったなんて言っているけれど、いつだって意地悪にせめてくるのは彼なのに。

そんな抗議をしようとも、彼に翻弄されている私には無理だった。背中にキスを落とされながら、身に着けていたものをはがされていく。

ゆっくり一枚ずつ脱がされているのが恥ずかしい。

「脱がすなら、早くして」

耐えられずにそう訴えると、彼は笑いながら言った。

「どうして？　すごく楽しいのに」

「恥ずかしいから、やだ」

「だからいいんだろ。もっと恥ずかしがっている顔が見たい」

どうせなにを言っても彼は聞いてくれないだろう。ベッドでの彼は普段とは違い私を傍若無人にかわいがる。私もそれを受け入れてしまい、どっちもどっちなので彼を責めることはできない。

「変態」

「上等だ」

宣言通り私をゆっくりと生まれたままの姿にした彼は、自分の服はあっという間に脱いでしまった。

体温を感じる素肌同士のふれあいは、羞恥心もあるが心地よい興奮を与えてくれる。彼の腕に包まれていると、この世の幸せを独り占めできるような気持ちになれる。

肩口にキスをされたあと、あおむけにされた。彼の肩越しに天井が見える。

「琴葉、綺麗だな」

「……なに、急に」

恥ずかしくてつっけんどんな言い方をして、顔を背けてしまう。するとあらわになった耳に彼が舌を這わせた。その動きが速くて、まるで最初からそうするつもりだったのかとさえ疑いたくなる。

「あっ……ん」

思わず漏れた自分の声が羞恥心を煽る。私はこれ以上声を出さないように口元を押さえたけれど、すぐに彼の手が伸びてきてそのまま指をからませて枕もとに持っていった。

「せっかくの琴葉の声が聞こえなくなるじゃないか」

「だって、恥ずかしい」

「何度言わせるんだよ。俺は琴葉に恥ずかしい顔をさせたいんだ」

ニヤッと笑った彼は、私の首筋に顔をうずめると、小さな痛みを感じるほど強く吸い付いた。

そしてそのあとゆっくりと私の体にキスを落としながら、やさしく触れる。

手のひらの大きさと熱を感じながら、キスで与えられる直接的な快感に体が熱くなっていく。

「玲司……んっ」

「琴葉、かわいいよ」

彼の声や吐息すら、私を刺激していく。彼のすべてに翻弄された私は快感に身をゆだねるだけで精いっぱいだった。

何度か湧き上がってくる愉悦の波が大きくなっていく。

「玲司、これ以上はもう」

涙目で限界だと訴えかけた私の頬に彼は手を添え、キスを落とした。そしてそう間を置かずに彼とひとつになる。

「はぁ……琴葉。しばらくこのままでいてもいいか？」

体を密着させたまま、彼は吐息交じりの声で求めてきた。私は『はい』の返事代わりに、彼の背中に手を回してギュッと抱きついた。

「そんなかわいいことされると、無理させたくなる」

ため息交じりに言う彼に、私は告げた。

「我慢しないで、玲司の全部をぶつけていいから」

今日は彼のすべてを受けとめたかった。そうすることがなによりも私の幸せと思うから。

「悪い。やさしくできない」

彼は体を起こすと、少し乱暴だと思えるほど激しく私を求めた。なにもかも忘れて彼と愛を交わす。

「琴葉、愛してる。琴葉……」

彼に名前を呼ばれ、愛の言葉を囁かれて、心も体も満たされていく。私の中の欠けていたものすべてが、もとに戻っていく。

お互いの汗ばんだ体を抱きしめ合って、濃密な夜がふけていく。私たちは時間も気にせずお互いを求め合った。

どれくらい眠ってしまっていたのだろうか。目覚めるとフロアランプで部屋が照らされていて薄暗い。どうやら日はすっかり落ちてしまったようだ。

「起きたのか？」

「……こほっ、うん」

かすれ声で返事をすると、彼がすぐにキッチンからミネラルウォーターを取ってきてくれた。

ごくごくと飲み干すと、渇いた体が生き返るようだった。

「おいしい。ありがとう」

半分残ったペットボトルを手を差し出した玲司に渡すと、彼は残りをおいしそうに飲みほした。

「悪かったな、無理させて」

手で濡れた口元を拭いながら、少し気まずそうに私のほうを見ている。

「まぁ〝煽った〟のは私だから謝らなくていいよ」

自分でもその自覚があるので、玲司だけを責めるのは違うような気がする。

「煽った自覚はあるんだな」

彼はベッドに腰かけると、私の鼻先をちょんとつついた。

「知らない」

なんとなく恥ずかしくて、ブランケットを掴んでその中に逃げ込む。薄暗い空間でふと自分の左手を見て驚いて、かぶったばかりのブランケットの中から飛び出た。

「こ、これ」

私は自分の左手を玲司の顔の前につきつけた。

「やっと気がついたのか？」

少し呆れ顔の彼は、自分の左手を私の前に差し出した。彼の指にも私同様、結婚指輪がはめてあった。

「やっとお互いのあるべき場所にこの指輪を戻すことができてうれしいよ」

玲司は満足そうだが、私はこのままつけていていいのか不安になる。それを彼は機敏にキャッチしたようだ。

「昔のだと縁起が悪いとか、新しいのが欲しいとかなら、すぐに買いにいこう」

「違うの、そうじゃないの」

私は慌てて否定した。

「会社はもちろん、お義母さんにもまだ話ができてないし。いきなり私が結婚指輪なんてつけていたら、みんな驚かない？」

「驚くかもしれないな」

「でしょ？　だからこれはもう少し時間が経ってからでいいかなって」

「ダメだ」

「えっ？」

いつもは私の意見を尊重してくれる彼なのに、この件は真っ向から否定してきた。

「俺たちが結婚するのは決まっているんだから、周囲にばれるのは時間の問題だ。それならいっそもう、なにもかも隠さないほうがいい」

「たしかにそうかもしれないけど……」

春香や君塚にさえ、私の元夫が玲司だと言うことを伝えていない。発覚したときの混乱を思うと今から頭が痛い。

「俺を説得しようとしても無駄だからな。君塚くんのこともある。琴葉は俺のもので、俺は琴葉のものだってことを世間に知らしめておかないと嫌なんだ」

ここまで彼が言うのはめずらしい。だからこそ、私がなにを言ったところで彼はきっとこの指輪を外すことを許さないだろう。

それに今思い出したことがある。

「わかった。四年前この指輪を外すとき、すごく悲しかったのを今でも覚えているの。だからもうこの指輪はつけたままにしておくね」

「そうしてくれると、安心だ」

彼が私の額にキスを落とす。

「でもちょっと意外だったな。玲司がそんなにヤキモチ焼きだったなんて」

「琴葉が俺のことを忘れずにいてくれた。だからもう二度と逃がしたくない」

私はなんだか無性に彼が愛おしくなって、首に手を回して抱きついた。

「私の心も体もあなたを忘れてない。あなたしか受け入れないって結婚式のときに誓ったもの。だからあなた以外の誰にも心を許すつもりはないわ」

この気持ちはずっと持ち続けていたものだ。彼と再会できなくても、自分の中で決まっていたことだ。

「琴葉、ありがとう。俺、自分が世界で一番目に幸せ」

そこは普通一番じゃないのかな？

「なんで二番なのよ？」

不思議に思って尋ねると、彼が私に覆いかぶさってきた。

「だって世界一幸せになるのは、琴葉だって決まっているから」

やさしく私の髪をすきながら、私の体の芯を溶かすような甘い視線を向けてくる。

「俺がそう努力する。だからなんの迷いもなく琴葉は俺の腕の中で笑っていてほしい」

彼の決意に幸せすぎて胸が痛い。

「ずっと一緒だ。琴葉」

彼のキスは、これから迎えるふたりの幸せな未来への約束のようだった。

翌日の日曜日には、地方に住む私の両親に電話で報告した。小さい頃からいい意味で放任主義だった両親も、さすがに呆れていたけれどそれでも私がずっと玲司を忘れていないことを知っていたので、最終的には《おめでとう》と言ってくれた。

来月迎える新年にはふたりで挨拶にいくことになった。

そして心配しているであろうお義母さんのもとにも、どうしても今日中に会いたいと無理を言うと、玲司はすぐにお義母さんに連絡をとってくれた。

車に乗って玲司の実家を訪れる。何度も訪問したことのある場所なのに四年前のあの日から一度も会っていないので、どんな顔をすればいいのかと考えながら向かうと、お義母さんは玄関先で私たちが来るのをずっと待っていたようだ。

車から降りて彼女の前に立つ。

「お義母さん」

私が声をかけると、彼女は目に涙をためた。

「まだ、私をそう呼んでくれるの？　あなたたちの人生を壊してしまったのに」

ぼろぼろと涙を流す彼女を見ていると、後悔が痛いほど伝わってきて私ももらい泣きしそうだ。

彼女もまた四年間、自分のした事に罪の意識を感じて、ずっと苦しみながら生きてきたのだろう。

「当たり前です。私の夫は玲司さんしかいないので、私のお義母さんもあなただけですから」

なまいきな言い方になってしまったけれど、それが私の本音だ。たしかに私に離婚の決心をさせたのは彼女だったが、それを責めるつもりはない。

あの状況なら、私だって同じことをするはずだから。

「琴葉さん」

涙を流すお義母さんに抱きしめられた。背中に手を回すと当時よりも少しやせたように思えた。それもまた彼女の苦労を表しているようで胸が痛い。

四年間という時間の重みも感じずにはいられなかった。

久しぶりにお義母さんと会って、過去の謝罪を受けた。

私も当時の自分を反省し、もっと玲司とふたりで話し合っていくことを約束する。

「玲司は北山家とは関係ないところで育てたかったのに、結局巻き込んでしまってごめんなさい」

「母さん、四年前も今も、俺はすでに大人だった。自分で考えて関わることにしたんだから、母さんが申し訳なく思う必要はない」

玲司は母親の気持ちを理解しながらも、自分の気持ちを伝えた。

「今はまだ父親というより、会長と言ったほうがしっくりくる。この先もずっとそうなのかもしれない。けど会えなくなってから会っておけばよかったって思いたくないんだ。俺と血のつながった人だから」

玲司が北山家と関わることを決めた理由を話してくれた。

「琴葉を傷つけたことについては許しがたいが、憎しみは不幸しか生まない。それにみんなそれぞれに傷ついている。これ以上は負の連鎖を続けたくないんだ」

関わってきた人それぞれに、正義も痛みもあった。間違った選択を取り消すことはできないが、やり直すことはできる。

「尾崎も長い間の憎しみから立ち直ったら、新しい自分の幸せを見つけられるはずだ。そうあるべきなんだ」

今朝会長から尾崎さんが辞意を伝えてきたと連絡があった。それと同時に私たちへの謝罪も口にしていたようだ。本来ならば直接の謝罪をするべきだろうが、今はまだ時間が欲しいと言っていたそうだ。

会長は尾崎さんの復帰を待つつもりらしい。それは会長自身の罪ほろぼしのつもりだろうと玲司が言っていた。

会長は義理の弟である尾崎さんに対し秘書以上の気持ちを持っていた。玲司はそれを知っていたので、調査の過程で尾崎さんに対する疑惑があっても確信が掴めるまで公にしなかったと言っていた。

様々な感情を抱きながら、みんながよりよい未来に向かって一歩踏み出している。

「だから俺は琴葉と幸せになる。もう間違えない」

彼は隣に座る私に同意を求めてきた。私はそれに笑顔でうなずく。

それからしばらく今後の予定を話したあと、私たちは玄関でお義母さんに見送られていた。

玄関から外に一歩出た玲司が、思い出したかのように振り向いた。

「そういえば、会長が母さんがなかなか会ってくれないって嘆いていたよ。少しくらいはやさしくしてあげたら？」

意外な提案にお義母さんは苦笑いをしている。

「私たちがふたりで会っても、話をすることなんてないわ。それに亡くなった奥様にも悪いもの」

「そっか、母さんの考えはわかった。でもこれからは俺の両親として会うこともあるだろうから、適当にうまくやってよ。会ってみれば案外楽しいかもしれないし」

玲司の軽い返しに、お義母さんも「考えておくわ」と返事をしていた。

車に乗ると玲司はちらっと実家のほうを見て呟いた。

「会長はもう少し長生きしなきゃいけないな。母さん頑固だから」

「玲司はおふたりにどうなってほしいの？」

複雑な家庭環境だったが、どちらも彼の親だ。彼がなにを望んでいるのか気になる。

「どうとでも」

エンジンをかけながらさらっと言う。

「ふたりのことだから、俺からはなにも。ただ後悔だけはしないでほしい」

「そうだね」

彼らしい言葉だが、どんな結果になっても彼はありのまま受け入れるだろう。それもまた彼の強さだ。

「それに俺は、琴葉との楽しい将来を考えることに必死だからな」

そう言ったかと思うと、さっと私の唇を奪い車をゆっくりと発進させた。

「少し、遠回りして帰ろう。俺の脚が治ったらドライブに行きたかったんだろう」

「いいの？　うれしい」

「もちろんだ。これから四年間できなかったことをやりつくすんだから、忙しいぞ」

運転する彼の横顔を見ながら、私の止まっていた時間が動き出したのだとようやく実感できた。

潮風が頬を撫でる。夕日が水面に反射して一面をオレンジ色に染めている。

『ドライブしよう』と言われてやってきたのは大きな港だった。驚いているうちに豪華な客船に乗せられ、私たちはあっという間に船上の人となった。

テーブルに案内されて向かい合って席に着く。

周囲は明かりが絞られていて、テーブルの上にはろうそくが灯され、このうえなくロマンチックだ。

「急だったのに、よく予約できたね」

こういったものは、何日も前から予約が必要なものではないのだろうか。

「そんなことは気にしなくてもいいんだ。琴葉のためならこのくらいのこと、なんでもないから」

笑ってすませる玲司は、四年前とは違って見える。大人の余裕がより増したようだ。

「どうかした？」

私は思っていることを伝える。

「四年間、離れている間の玲司のこともこれから知っていくと思うと、ちょっとうれしいなって思ったの」

「そうだな、戻らない時間ではあるけど、取り返すことはできると思っている」

玲司の手が伸びてきて、私の手と重ねた。

「俺たちはこれからずっと一緒なんだから」

彼の言葉に私は笑顔でうなずいた。

豪華な料理にピアノの演奏。目の前にいる大好きな人。

夢のような時間が流れていく。

食事を終えた私たちは、ライトアップされた甲板に出た。

冷たい風がいたずらに髪をなびかせる。寒いけれど、先ほど飲んだワインで少し火照った体を冷ますにはちょうどよい。

ふたり並んで海の上から街の明かりを眺めた。

「すごくきれい。高いところから見る夜景とはまた違っていいね」

「そうだな」

彼は同意こそしたが、視線は私に向いている。

「ねぇ、ちゃんと見てる？」

「あぁ、ずっと見てるよ。琴葉を」

堂々と恥ずかしいことを言う彼にどう言い返していいかわからず、軽く睨むしかできない。そんな私を見る彼は、どこか楽しそうだ。

どちらからともなく笑い合うと、彼が私の肩を抱きよせた。彼の体に包まれると寒さがどこかにいってしまうようだ。

「さっきね、夢みたいだなって思ってた」

四年前彼と別れた後、こんな幸せな時間が流れるとは思っていなかった。

「夢なんかじゃない、その証拠に俺はこうして琴葉をこの手に抱いているんだから」

彼の顔を見上げる。

そう玲司の言う通り、彼はここにいる。

お互いの距離が徐々に近くなっていく。ゆっくりと重なる唇。そこから伝わってくる熱が、これが夢じゃないといっているようだった。


そして週が明けた月曜日。私はもうひとりちゃんと自分の結婚について伝えておきたい相手を出社前に呼び出した。

朝の冷えきった街を、寒そうに身をかがめながら歩く人たち。その中を私はいつもよりもほんの少し早い時間に歩いていた。

目的地は会社近くのコーヒーショップ。私は毎日比較的早い時間に出社するので、そこまで苦ではないが、相手のほうは「なぜこんな朝早くに？」と迷惑に思っているかもしれない。

間もなく店の前に到着するというところで、向こう側から歩いてきている人に気がつく。

「君塚！」

声をかけると、寒そうに縮こまっていた体を伸ばし彼がこちらを見た。

「ごめんね、朝早くに」

白い息を吐きながら謝ると、彼は眠そうにあくびする。

「ほんまやで、なんでこんな早朝に呼び出されなあかんねん」

不機嫌を隠さない彼に、逆にホッとした。

「ごめん。どうしても話しておきたいことがあって。コーヒー奢るから許して」

「しゃーないな。一番デカいサイズな」

「了解！」

彼には先に座ってもらって、私はカウンターで注文をすませると商品を受け取ってから君塚の待つ席に向かう。

「はい、これ」

私から受け取ったコーヒーを飲むと「はぁ、生き返るわぁ」と大袈裟に呟いた。おそらくなにもなかったかのようにふるまってくれているのは、彼のやさしさだ。

せっかく彼が気を遣ってくれているのに、話を蒸し返すようで悪いが、それでもちゃんと彼には伝えたかった。

「で、話ってなんなん？」

せっかちな彼は待てなかったのか、用件を聞いてきた。

「あの、実は」

私はつけていた手袋を外しながら、口を開く。

「ちょっと待て、これはなんや？」

「あっ」

話をする前に彼が私の左手の薬指にある指輪に気がついた。

「いったいどういうことや？」

驚いた君塚に、事情を説明するように迫られる。

「このことで、話をしておこうと思って。実は私再婚するの」

「はぁあああ？」

彼の声が比較的静かな朝のカフェに響く。

「ちょっと、声が大きいわよ」

「悪い。でもデカい声あげたくもなるわ。なんや、この間までそんなこと言ってなかったやないか」

彼がそう言うのも無理もない。

「なんやそれ。でもお前元旦那のことはええんか？　ずっと忘れられへんって言っとったやないか！　もうあきらめたんか」

「それが……元夫と再婚するの」

「なんやて！」

　またもや大きな声を出す君塚。次に出したら、店から追い出されそうだ。

「しー静かに。そうやって驚くと思ったから、君塚には先に話をしておきたかったの。大事な同期だし」

　無意識とはいえ、彼を振り回してしまったことは間違いない。

「そっか～。まぁでも、ほかの男なら納得できへんかったかもしれんけど、元夫ならしゃーないよな。ずっと好きやったんやもんな」

　君塚は複雑な心境だろうに、おおむね好意的に私の再婚を受け入れているようだ。

「おめでとう、琴葉。お祝いせなあかんな」

　祝いの言葉をもらったが、まだ大事なことを話せていない。

「あの。実はまだ話は続いていて」

「なんや、いったい。ほかになにがあるんや。まあ。お前の結婚ほど驚く内容ではないやろな」

　たかをくくったであろう君塚は、コーヒーを飲みながら私の話に耳を傾けた。

「実は相手は、北山社長なの」

相手を聞いた君塚は目を見開いたあと、ごほごほとコーヒーでむせてせき込んだ。

ああ、また周りの人の何事だ?というような視線が刺さる。

「大丈夫?」

私はトレイに乗せてあった紙ナプキンを彼に渡すと、それで口元や手を拭いながら私のほうに大きく身を乗り出した。

「どういうこっちゃ、ちゃんと説明せいや」

彼の反応を見て、やっぱり前もって彼に話をしておいてよかったと思う。職場ではあまり詳しく話ができないだろうから。

私はこれまでの経緯をかいつまんで話をした。

「私だって四年前に別れた夫が、中野社長の代わりにやってきて驚いたのよ。それに最初私は彼ともう一度やり直すつもりはなかったんだから」

しかし話をしているうちに、君塚は気がついたようだ。

「もしかして、あのとき俺が言ったことがきっかけで、再婚が決まったのか?」

ショックを受けた君塚に、どう伝えればいいのか悩む。

たしかにあのとき、私が元夫を今でも愛してるとその張本人である玲司に伝えたのは、君塚だ。

沈黙は肯定だと判断した君塚が頭を抱えている。

「俺、なんてマヌケなんや。敵に塩を送っとったんか」

絶望の表情に、どう声をかけたらいいのかわからない。ここで間違っても君塚のおかげでうまくいったなんて言ってはいけない。そのくらいの常識は私にもある。

だからなにも言わずにとりあえず、黙って君塚が落ち着くのを待った。

しばらくして彼が大きなため息をついた。

「それで、琴葉は今幸せなんか？」

「うん、幸せ」

君塚には自分の本音を言う。それがまっすぐに私に気持ちをぶつけてくれた彼に対する誠意だ。

「そうか、それならよかった」

それまで視線をそむけていた彼が、笑顔でこちらを見る。

「俺は心が太平洋のごとく広いから、好きだった女の幸せを心から祈れるんや」

わざと胸を張って見せる彼のやさしさに、私は救われた。

「だから心配せんでええで。この俺様と付き合いたい女の子は五万とおるからな」

たしかにそれは彼の言う通りだろう。もともと君塚はモテるのだから。

「さて、これ以上ここにいたら、朝のミーティング遅れてしまう」

君塚に続いて私も立ち上がる。

外に出て少し前を歩き出した彼に、声をかけた。

「君塚、ありがとう」

彼は振り返るとにっこりといつもの笑顔で笑った。

「なにあらたまってるんや、俺たち同期やろ？」

「そうだね」

短く返して、君塚の横に並んで歩き出した。また大切な同期として一緒にいてくれる彼に感謝しながら。

しかし会社に到着する前の駐車場に、見慣れた車が停まっているのに気がついた。

そしてそこにもたれかかっている人物も。

「あれ、社長ちゃうんか？」

「うん、そうだけど……」

どうしてこんなところに立っているんだろうと首をかしげる。彼が私たちに気がついてこちらに歩いてくる。

「おはようございます」

「あぁ、おはよう」

玲司が短く挨拶を返した。

「俺先に行っとくで、失礼します」

君塚が頭を下げ、玲司の横をすり抜けた。気をきかせてくれる君塚には感謝だ。

ふたりで君塚の背中を見送る。

「その様子だと話は無事に終わったみたいだな」

「もしかして、心配してここで待っていたの？」

彼には君塚と会うことは告げていた。

「別に。ちょっと外の空気が吸いたくなっただけだ」

「冷たい風がビュービュー吹いてますけど、本当に？」

彼はため息をつきながら髪をかき上げた。

「琴葉の言う通り、心配だったんだよ。君塚くんとは色々あっただろ」

たしかに強引に迫られたのを、彼も目撃している。それでここで待っていてくれたのだろう。

「ありがとう。無事私の中でけじめをつけました。君塚も驚いていたけど、納得してくれたよ」

「そうか、それならよかった。とりあえず車に乗って」

彼に言われるまま、助手席に座る。

「でも玲司って今日は北山グループの会議があるって言ってなかった？」

ライエッセには出社しないのに、わざわざここまで来たみたいだ。

「そうだが、会議までまだ時間がある。だから心配しなくていい」

「そこまでして……玲司ってばちょっと過保護すぎない？」

「そんな事ないだろう。夫が妻を心配するのは当然の権利だ」

たしかにそうかもしれないけれど……。

「でもよかったな。さっきの様子を見たところ無事大事な同期を失わずにすんで」

「うん。ちゃんと話せばわかってくれる人だから」

私がシートベルトを締めると、玲司が車をゆっくりと発進させた。歩いたほうが早いのはわかっていたけれど、せっかく彼と一緒にいられるんだから「会社まで送る」という彼の言葉に甘える。

「私やっぱり運転してるときの玲司、好きだな」

「なんだ、急に」

「ううん、なんでもない」

そんなやり取りをしているうちに、会社に到着した。駐車場に車が停まる。

「じゃあ、行ってくるね」

「待て、俺も行く」

「え、でも出社の予定なかったんじゃない？」

「別にいいだろ、顔だすくらい。社員の士気も上がるだろうし」

たしかに春香なんかは、玲司が出社した日のほうが、目の保養ができたからとかいって、張り切って仕事をしているような気がする。

ふたりでエレベーターで上に向かうと、始業時刻ギリギリということもありほとんどの人が出社していた。

もちろんその中に、さっき別れた君塚の姿もあった。

「あれ、社長室に行かないんですか？」

ふと私に続いてフロアに入ってきた玲司に尋ねた。

「あ、いいんだ。ここで問題ない」

はっきり言い切った彼は、社内のみんなが見える位置に立った。私はいつものお気に入りの席がまだあいていたので、そっちに向かって歩き出す。

「ちょっと、待って」

「えっ、まだなにかあるんですか？」

急に手を掴まれて足を止めた。

「まだっていうか、今からが今日俺がここに来た目的だから」

小さな声でそう言って、私を引き寄せるといきなり腰のあたりに手を添え、フロアに向かって声をあげた。

「朝の忙しい時間にすまないが、少しだけ話を聞いてもらっていいか？」

え、どういうこと？

嫌な予感がして逃げようとしたけれど、それに気が付いた彼に腰を引き寄せられて余計に密着してしまった。

みんなが「何事だ？」という視線を私と玲司に向けていた。

私はこれからなにが起きるか半ば予想ができていたけれど、こんな短時間で覚悟を決めるなんてできない。

「実は、今日はみんなに報告がある。私はここにいる鳴滝琴葉さんと結婚することになりました」

いっきにフロアがざわめく。私の目の前にいた春香は口をあんぐりと開けていた。

「突然の報告になって驚かせてすまないが、これからも妻と一緒に皆さんの力を借りながらこのライエッセを大きくしていこうと思う。これからも今までと変わらず接してもらえたらありがたい」

玲司が言い終わったあと、すぐに大きな拍手がフロアに響いた。君塚が大きな声で「おめでとうございます」と言うと、周囲もそれにならい、私たちは祝福の渦に包まれた。

「騒がせて悪かった、みんな仕事に戻ってください」

玲司はそう言うと、私の手を引いてフロアを出ていく。そんな彼に小声で抗議する。

「ねぇ、どうしてひと言も相談してくれなかったの？」

「さっき思いついて、相談する時間がなかったんだ」

「絶対うそでしょ？」

詰め寄る私に彼はとぼけ顔で笑っている。

彼はこれから、北山グループの会議に出席のために地下の駐車場に向かう。今すぐフロアに戻ったらひとりで好奇心いっぱいのみんなの視線に耐えられる気がしないので、見送りついでに一緒に地下に向かう。

エレベーターが到着して中に入っても、私の小言が止まらない。

「だいたい玲司は――んっ」

扉が閉じた途端、いきなり唇を塞がれた。

「んっ！」

突然のことで、抵抗する暇すらなかった。

「ねぇ、ここ会社なんだけど」

「知ってる。でも琴葉がかわいかったから、我慢できなかった」

そんなふうに言われると、抗議しないといけないのに怒りよりもうれしさが先に立ってしまう。

「玲司ってばずるいんだから」

「どっちがだよ。怒ってる顔までかわいい琴葉のほうがずるいだろ」

彼はまったく反省した様子もなく、私のこめかみにキスを落とした。そんな彼を軽く睨む。

「ごめん。うれしくて浮かれてる」

いつだって冷静な判断をする彼が、そんなことを言うなんてびっくりした。

「そう言われると、怒れないじゃない」

私は頑張って怒った顔をしようとするけれど、うまくいかずに笑ってしまう。

「じゃあ、仲直りのキスしようか？」

「本当に反省してるの？」

「してない」

まったく反省していなくて少し呆れたけれど、私は彼の誘惑に勝てずに目をつむる。

重なった唇から、彼の気持ちが伝わってくるようだ。

「これから四年分のキスを取り戻さないといけないから、大変だぞ」

そんなふうに甘く囁いた彼は、その言葉通り地下にエレベーターが到着するまでキスを続けた。

エピローグ

それから一年と少したった翌々年の三月。

都内のホテルの一番大きなバンケットルームには、ライエッセの社員や取引関係の人々が一堂に会していた。

今日私たちの会社『ライエッセ株式会社』は『ライエッセ北山株式会社』に社名変更して、正式に北山グループの傘下に入ることになっていた。

よって会場には北山グループの偉い方もたくさんやってきており、社員たちは緊張しながら準備のために走り回っていた。

私も慣れない少し高めのヒールで、会がつつがなく進行できるように奔走している。

自分たちが大切にしていた会社が、ここまで立派になったことを感慨深く思う。

「琴葉、ちょっと休憩しないと最後までもたないよ」

すっと目の前にお茶の入ったグラスが差し出された。顔を上げるとそこには春香と君塚がいた。

「ありがとう、ちょうど喉渇いてたの」

ありがたくグラスを受け取り、渇いた喉を潤した。

細かいチェックが終わり、あとは開会を待つだけだ。受付もスムーズにいっていて問題がないようなので、同期三人で少しだけ話をすることにした。

「なんだか、感慨深いね。私たちの会社がこんなに大きくなるなんて」

春香の言葉に私はうなずく。

「俺は、いつかはこうなるとは思とったで。ただ予想よりもかなり早かったけどな。北山社長のおかげやな」

君塚の視線の先には、取引先の人と談笑する玲司の姿があった。フォーマルな装いの彼はいつにもましてカッコいい。

「旦那に見とれるの、やめてもらえない？」

「そや、そや、幸せそうな顔しおって」

ふたりにからかわれて、自分が無意識に玲司を目で追っていたことに気がついて恥ずかしくなる。

「そんな別に見とれてなんかないし」

とぼけてみせる私をふたりは笑っていた。

「でも本当に北山社長はすごいな。俺が人を褒めるってよっぽどのことやから、琴葉は胸張ってもええで」

「なんでいつもそんなに偉そうなの？」

君塚に春香が突っ込みを入れる。

色々あったけれど、私がつらかった四年間を支えてくれたのはこのふたりとライエッセ、それと中野社長だ。

「そう言えば、中野社長今日来るって言ってたけど見かけた？」

「いいや。遅れとるんちゃうか？」

会社を離れて一年と九カ月が経つのに、私たちはまだ彼を〝社長〟と呼んでいた。今日の会社の晴れ舞台に、創業者である中野社長も招待したのだ。

みんな彼に会えるのを楽しみに待っていた。しかし結局彼に会うことなく会がはじまってしまう。

司会者から紹介された玲司が、壇上に向かう。

「皆様本日はお忙しいなか、私どもの会社、新生ライエッセのためにお集まりいただきありがとうございます」

スラスラとよどみなく会場すべての人に話しかけているかのような玲司の言葉にみんな惹きつけられている。

「取引先の皆様のおかげで、大きく成長することができ大変感謝しております。そして会社が生まれ変わるこのタイミングで、社長も交代させていただければと思います。新しい社長を紹介します」

これには取引先よりも、社員たちがざわついた。

「琴葉、お前知っとったんか？」

「知らないわよ、聞いてない」

首を振って小さな声で君塚の問いかけに答えていた私は、登壇した人物を見てもっと驚いた。

「中野社長！」

社員たちの喜びの声があがる。中野社長は社員たちに軽く手を上げて応えると、玲司の隣に並んだ。

「わたくしから紹介する必要はないかもしれませんが、創業者である中野氏にもう一度この会社の経営をお願いしようと思っています」

その言葉に会場から拍手が沸き起こる。

「では、中野さんからお話をお願いします」

少しやせたけれど顔色はよさそうだ。最後に会ったときよりもずっと元気そうに見える。

「皆様お久し振りです、中野です。いやぁ、まさかもう一度ライエッセで働くことになるとは、会社を譲った際には夢にも思いませんでした。実はこの話が出たときも、引き受けるかどうか本当に迷いました。でも……」

感極まった中野社長の目に涙が浮かんでいる。それにつられて私も胸がいっぱいになり、目頭が熱くなる。

「でも、もう一度私がやれると言うなら、北山さんとそして支えてくれる従業員たちを信じて頑張ってみようと心に決めました。皆様またよろしくお願いいたします」

みんなの前に立つ中野社長は、希望に満ちた顔をしている。

また彼と一緒に働ける、みんながそれを楽しみにしているのが空気で伝わってくる。

玲司が中野社長からマイクを受け取ると、周囲を見回して口を開いた。

「私がこのライエッセに関わったのは一年九カ月。とても短い間でしたが、お客様と従業員に支えられてここまでやってこられました。これからは北山グループの仕事をすることになりますが、このライエッセも我がグループの大切な会社です。これからもどうぞよろしくお願いいたします」

玲司が深く頭を下げると、中野社長もそれに合わせて頭を下げていた。そしてふたりは晴れやかな顔で握手をして壇上から降りた。

「なぁ、なんかお前の旦那やっぱりすごいな」

「本当にそうだよ。私たちが望んでいることよく理解してるよね」

同期ふたりに玲司を褒められてうれしくなる。

「私の夫、すごくカッコいいでしょう?」

否定せずにのろけると、呆れた視線を向けられたあとふたりとも笑い出した。

「そこは謙遜するべきとこやで」

「そうそう」

ふたりはそう言うけれど、きっと今日くらいは許してくれるだろう。

「たまにはいいじゃないの」

私はそういいながら、玲司の姿を追った。彼はいま中野社長とたくさんの人に囲まれている。

本当に素敵だな、私の旦那様。

しかしそうずっと見とれているわけにはいかなかった。取引先へのあいさつ回りや、ホテル側とのやりとりにてんやわんやになりながらその日の会を終えた。

「お疲れさま～」

今日は現地解散で、このままみんな帰宅する。私も心地よい疲れを感じながら今日の仕事を終えた。

「駅まで一緒に行くか？」

君塚に言われて首を振った。

「待ち合わせしてるから、先に帰って」

「あぁ、旦那とデートやな。楽しんで」

君塚が手を振り帰っていく姿を見て、私は先ほど玲司から送られてきたメッセージを確認する。

「部屋番号は……と、あった」

メッセージの内容は、ホテルの部屋で待っているから仕事が終わったら来てというものだった。

私は言われた通りに客室に向かいドアベルを押す。するとすぐに中から扉が開いて玲司が顔を出した。

「お疲れさま」

両手を広げた彼の腕の中に飛び込んだ。

「玲司こそ、本当にお疲れさま」

「頑張った俺に、ご褒美は？」

自分の頬を指さす彼に抱きつくと、リクエスト通りにキスをプレゼントする。

「ねぇ、社長を退くこと、どうして教えてくれなかったの？」

「もちろん、琴葉たちを驚かせたかったから」

「そんな理由で？」

呆れる私の顔を見て彼はクスクス笑った。

「ほかにもいろいろと理由はあるけど、でも中野さんが復帰するって知って驚いただろう？」

「うん、驚いたし、うれしかった。みんなも喜んでいたし」

彼にくっついて、入口から部屋の中に移動した。

「わぁ、広いし素敵」

高級そうなソファとテーブル。奥にはダイニングテーブルもあるのが見える。少し灯りが絞られていて、ラグジュアリーな雰囲気に心が躍った。

「おいで」

キョロキョロと周囲を見回していた私を、玲司が呼び寄せた。ソファに座り自分の隣に座るように促す彼に素直に従う。

「ねぇ、スパッと中野社長に交代したけど、ライエッセには未練ないの？」

少し気になって聞いてみた。だって彼が社長に就任したあと、寝る間もないほど忙しい中でも片手間にせずに、本当に一生懸命ライエッセのために仕事をしてきた姿を見ていたから。

「もちろん未練はあるさ。もう琴葉と一緒に働けない。真剣な顔の琴葉大好きなのに」

「もう、ふざけてるの？」

私が軽く睨むと、彼はなんだかうれしそうに笑った。

「本気なんだけどな。でも中野さんも元気になったし、俺の目標も達成されたから」

「ライエッセを北山の傘下に置くこと？」

「いやそれは手段であって目的じゃない。俺がやりたかったのは琴葉の大切なものを守ること」

「それがライエッセだったってこと？」

彼がうなずきながら私を膝の上にのせて抱きしめた。

「俺が守れなかった四年間、君が頑張ってきたものを無駄にしたくなかったんだ。もちろん魅力的な会社だったっていうのもあるけど」

「玲司」

まさか私のためだったなんて。

私は彼を思いきり抱きしめた。こんなにも私を大事に思ってくれる人がほかにいるだろうか。

「そこまで喜んでくれて、頑張ったかいがあった」

軽く言う彼だったけれど、そんなに生やさしいものじゃなかったはずだ。

「ねぇ、玲司。どうやったら私、あなたに恩返しができる？」

ギュッと彼を抱きしめながら聞いた。

「そうだな――」

彼の声が甘く掠れた気がする。

「今日は朝まで琴葉を好きにしたい」

熱のこもった視線で私の反応をうかがう彼。

「それじゃ、いつもと変わらないから恩返しにならないんじゃない？」

尋ねた私の唇に、彼が軽いキスをした。

「そんなことない。俺にとっては今こうやって琴葉がそばにいてくれることがなによりもうれしいんだ」

彼は私の頬をその大きな手のひらで包んだ。

「一度失ってその大きさに気がついた。だからもう二度と手放さない。俺にこの先一生甘やかされるその覚悟はできてる？」

私のために会社を買収するような人だ。きっとこの言葉は冗談でもなんでもない。

「そんなのとっくにできてるよ。だって出会ってからずっと私の中には玲司しかいないんだもの」

離れていても彼が幸せならそれでいいと思えた。そんな人にこれから先出会えるなんて思えない。

「そんなかわいいこと言うと、明日の朝には後悔することになるぞ。俺を煽るんじゃない」

彼が私の耳にキスをしながら、熱のこもった声で囁く。

「後悔なんてするはずない。だって私も同じ気持ちだから」

ふたりで見つめ合い、唇を重ねる。

何度彼とキスしただろうか。でも一向に慣れることなくいつもときめきとドキドキを与えてくれる。

「琴葉、ずっと一緒にいよう。ずっと、離れないで」

私がうなずくと、彼は満足そうに笑い、私を抱き上げた。

「どこに行くの？」

「聞かなくてもわかるだろ、琴葉と夢の中でも抱き合いたい」

彼は私の額にキスを落とすと、そのまま寝室に歩いていく。せっかく豪華な部屋だけど、私にとって彼と過ごす時間よりも大切なものはない。

離れていた四年間の空白を埋めるように求め合う。

それでもたりなくてもっと一緒にいたくて、つながっていたくて。

今日も私たちふたりは、尽きることのない愛をお互いに与え合っていくのだった。

END

特別書き下ろし番外編

ハッピーバースデー

ライエッセがまだ北山グループになる前。暦の上では春だけれど、毎年寒さの残る時期——。

三月二十二日は、私の誕生日だ。しかも今年は三十歳を迎える節目の年。

三十歳っていったら、もう立派な大人だと思っていたけれど、実際そうでもないなぁ。

私は発売されたばかりの新作の桜味のチョコレートをほおばり、一緒に買ったコーヒーと楽しみながら、朝の時間を過ごしていた。

いつも通り朝コンビニに寄って、新作スイーツのチェックをすませると昼に食べるサンドイッチを買ってから会社に来た。そしてまた軽く掃除をすませて、メールの確認をしながら、今日一日の予定を立てる。

今日が私の誕生日ということ以外は、いつもとなにも変わらない。

そう思っていたのだけれど。

「琴葉。おはよう！　それから誕生日おめでとう」

朝出勤して早々、春香が私のところにやってきて、デスクの上に紙袋を置いた。

「これ、私からのプレゼントね。ますますいい女になれるように化粧品にした」

「わぁ、本当？ うれしい。開けてもいいかな？」

「もちろん、どうぞ」

渡された紙袋の中には、水色のリボンのかかった小箱がある。ゆっくりとリボンをほどくと、中にはリップが入っていた。

「これって、新作だよね？ 雑誌に載ってた！」

「そうそう。いつも琴葉が使ってるブランドで、仕事中でも使えそうなブラウンローズにしてみた。それにこれ、全然落ちないんだって」

「へぇ。すごい。つけてみてもいい？」

隣で春香がうなずいているのを見てから、私は早速バッグから手鏡を取り出して塗ってみた。朝つけていたリップがちょうどコーヒーとチョコレートで取れかけていたので、好都合だ。

綺麗な色の粘度の高いリップを唇に塗ってみる。室内の明かりの中でも艶めいているのがわかる。

「どう？ いい女度あがった？」

「うん、うん。やっぱり私センスいいわ！　すごく似合ってる」

「さすが春香だよ」

「これ、カップにもつかないって。飲んでみて」

春香に言われるままにコーヒーを飲むと、彼女の言う通りカップの淵にはまったくリップがついていなかった。

「すごいこれ」

「ほんとだ。私も今日の帰りに買っちゃおうかな」

「いいね。お揃いにしよう」

まるで学生と変わらないやり取りをしている。三十歳になったところで、急に大人にはならないみたいだ。でもこんな他愛ないやり取りをできる相手が近くにいることが本当に幸せだと思う。

「なんや、朝から騒がしいの」

「あ、君塚おはよう。今日琴葉誕生日なんだよ」

春香の言葉に君塚はハッとした様子を見せた。

「そうやったな。ほな、ランチはこの俺様がおごったるわ」

相変わらずの言い方だけれど、すごく彼らしい。だから私もいつものノリで「うれしい。なに食べようかな」と答えようとした。

しかしその前に、春香が断ってしまう。

「ダメよ。琴葉は今日午前中で仕事終わりでしょ？　午後からデートじゃないの？」

「え？」

まったくそんなつもりがなかった私の態度に、春香が呆れてパソコン画面に勤怠管理を表示させた。

「ほら、ここ。【鳴滝琴葉、午後休】承認者は……社長だね」

それを見た瞬間、春香と君塚が呆れた顔をした。

「なんだよ。会社の勤怠管理までサプライズに使うなって、旦那にちゃんと言っておけよ」

「そ、そんなんじゃないとは思うんだけど」

公私混同しているわけではないだろうが、私を驚かそうと思ったのは一目瞭然だ。

「いいじゃないの。琴葉ったら有給全然使ってないんだから。急ぎの仕事は君塚にまわせばいいわ」

「なんで俺なんや！」

君塚は春香の言葉に不満をあらわにした。

「まぁでも、誕生日やし。お前の仕事くらい俺がやっといたるわ」

「ありがとう、君塚」

「ええってことよ。ちなみに俺の誕生日は八月やからな」

ちゃんと自分の誕生日を印象づけて君塚は自分の仕事をはじめる。

「現金なやつね」

春香はちょっと呆れつつも、自分の荷物のあるところまで戻って仕事の準備をはじめた。

私はというと……私に内緒で休暇の申請をした、社長兼旦那様にメッセージを送る。

【知らない間に午後から休みだったんだけど、午後からなにしようかな】

送るとすぐに既読マークがついた。

【奇遇だな。俺も今日は午後から休みだ。デートしよう】

どうやら彼はあくまで偶然を装うつもりだ。それならそれで、私も彼の提案を受け入れる。

【うれしい！　楽しみにしているね】

その後、玲司から待ち合わせ場所が送られてきた。

うきうきしながらスマートフォンをバッグにしまう。

頭の中が久しぶりのデートで一杯になりそうなのをなんとか我慢して、まずはミスなく午前の仕事を終えることに集中した。

彼が待ち合わせに指定したのは、外資系ホテル『クラージュ東京』の一室。あまり足を踏み入れないクラブフロアで、専用のエレベーターに案内されたときはドキドキした。

指定された部屋の呼び鈴を鳴らすと、中から出勤時とは違うスーツを着た玲司が現れて驚く。

「わざわざ着替えたの?」

「あたりまえだろ、大切な妻のお祝いなんだから」

さも当然のように言うが、そうなってくると自分の服装が問題だ。一日仕事をするつもりだったので、動きやすさ重視のパンツにカットソーとカーディガン。これでは玲司とのギャップを感じずにはいられない。

「ほら、中に入って」

彼に言われるままに、部屋の中に入る。

「わぁ、すごい」

広々とした部屋。調度品もどれも高級なものだろう。その上日差しが降り注ぐ窓からは東京タワーが見える。

「素敵！」

「喜んでもらえてよかった。ではさっそくこちらで着替えてもらえますか？」

「着替え、用意してくれていたの？」

「もちろん」

私が心配すると思って、先回りしてくれていたのだ。

「ありがとう！　着替えてくるね」

私は彼に渡されたハイブランドの店の名前の入った紙袋を持って、寝室で着替えをすませた。

彼が用意してくれたのは、チャコールグレーの落ち着いた雰囲気のワンピースだった。スカートがチュール生地になっていて動くと揺れてかわいらしい。これならちょっとした女子会等でも着られそうだ。

ハイブランドの洋服は、似合わないだろうと敬遠していたけれど玲司はちゃんと私に似合う洋服を選んでくれた。

もしかして私よりも私のこと、わかってるんじゃないのかな？

そんなことを思いつつ、都合よく持っていたバレッタで髪をハーフアップにしてから、春香にもらったリップを塗ってみた。突然のデートだったけれどリップのおかげで華やかに見えてよかった。

「どう、かな?」

部屋に戻ると、玲司が立ち上がって出迎えてくれた。

「あぁ、すごく似合ってる。綺麗だよ」

「よかった。ありがとう」

玲司の褒め方は大げさだと思うけれど、せっかく彼が選んでくれたワンピースだ。今日は称賛を恥ずかしがらずに受け入れよう。

「仕上げをするから、ちょっとこっちに来て」

彼に言われるまま、ソファに座ると玲司が私の後ろに回った。するとすぐに胸元に美しいダイヤモンドが瞬いた。

「これも?」

「ああ、誕生日プレゼントだ。まだある」

彼はそう言いながら私の前にやってきて、ブレスレット、ピアス、そして綺麗な形のパンプスと私を飾り立てていく。

「これで、全部だ」

満足そうに着飾った私を見ているが、私は困惑しきっていた。

「いくらなんでも、もらいすぎじゃない？」

普段から玲司は私を甘やかすのが趣味だと公言しているけれど、これは少しやりすぎなのではないだろうか。

「全然。これ今年の分を合わせて五年分だから」

「五年？」

「そう。二十六歳から三十歳の今日までの分の誕生日プレゼント。やっと渡せた」

「やっと？」

玲司の言葉にひっかかってたずねる。

「あぁ。引かないで聞いてほしいんだけど」

彼が照れくさそうに、髪をかきあげる。

「毎年買っていたんだ。琴葉といられなくても、どうしてもお祝いしたくて。いつか琴葉に渡せるかもしれないって思って、あのキーケースみたいに」

それを聞いたとき、私はすぐにうつむいた。そうしなければ、涙がこぼれてしまいそうだったから。

うれしくて胸が痛い。彼はずっと私を思い続けてくれた。私は今その思いに全身包まれている。

「琴葉？」

彼が心配して私の顔を覗き込んだ。

私は涙を浮かべたまま彼に抱きついた。

「ありがとう、ずっと愛してくれて」

彼の首元に顔をうずめて伝える。お返しのように彼が私を抱きしめ返してくれた。

「お礼を言われるようなことじゃない。俺が琴葉しか愛せないだけだから」

温かい体温に包まれて、そんな言葉をもらった私の涙腺がとうとう崩壊してしまう。

「玲司、好き。ずっとそばにいたい」

「あぁ、俺もだよ。ずっと琴葉だけを愛してる」

彼が私の顎に手をかけると、そっと上を向かされた。泣き顔を晒すことになったけれど、きっと彼ならどんな私にだって幻滅しないだろう。

ゆっくりと私の涙を拭って、それから私の唇にキスをした。甘いしびれが体を襲う。深く重なるキスにだんだんと体の力が抜けていく。

彼が舌で私の唇をくすぐる。その合図を受け取った私は素直に自分の唇を開いた。

彼は待ってましたとばかりに、舌を滑り込ませてきた。

「んっ……はぁ」

甘ったるい声がでて、恥ずかしさから体温が上がるのを感じる。

「かわいい、琴葉。でもこれ以上すると、せっかく着飾ったのに全部はぎとりたくなるな」

ストレートな言葉に照れて「もう」と拗ねた振りをして見せる。そんな私の唇に彼がまたキスを落とす。

そんなやり取りがうれしくて、私は笑顔を彼に向ける。

すると彼が不思議そうな顔をした。

「あれ、リップ全然取れてないな」

彼が人差し指で、先ほどまで彼に愛されていた唇に触れる。

「そうなの。これ今日春香にもらったんだけど、落ちないリップなんだ」

説明したあと、彼の目が細められ笑みを浮かべている。

これは……なにかよくないことを思いついたときの顔だ。

「玲司?」

「落ちないってどのくらい落ちないんだろうか、知りたくなった」

「えっ?」

次の瞬間気がつくと私は彼に抱き上げられていた。行先はさっき私が着替えをした寝室だ。

「待って、どこにいくの？」

「それを聞くのか？　俺の好奇心と愛情をくすぐった琴葉が悪い」

「そんな」

私はリップの話をしただけだ。それなのになぜ私の責任になるの？

「楽しみだな。どれくらいそのリップがもつのか。それよりも先に琴葉が音《ね》をあげなければいいけど」

ドキッとさせる言葉に、私の体が熱くなる。それを知っている彼は私をゆっくりとベッドに下ろすと鼻先がふれそうな距離で囁いた。

見つめ合ってまたキスを交わす。何度も重ねた唇なのに、そのたびに私を甘い気持ちにさせる。

「誕生日おめでとう、琴葉」

彼の言葉に応えるように、私は自ら彼に唇を寄せた。

END

あとがき

はじめましての方も、お久しぶりの方も。このたびは『離婚したはずが、辣腕御曹司は揺るぎない愛でもう一度娶る』をお読みいただきありがとうございます。

今回は事情があって離婚した夫婦の再生愛をテーマにしてみました。

私の作品では、完全に離婚した夫婦という設定ははじめてのことなので、悩みつつも新鮮な気持ちで楽しく書けました。

今回のヒロインである琴葉は、コンビニスイーツが大好きな設定にしてみました。

私もコンビニが大好きです！　最近のコンビニスイーツは本当においしいですよね。

有名店とのコラボなんて発見してしまうと、ついつい手を伸ばしてしまいます。

そしてコーヒーまでしっかり買って、うきうきしながら家路につきます。

原稿を頑張っているので、カロリーは消費されていると信じて……。

さて恒例のお礼を！

表紙を描いてくださった、アヒル森下先生。

ヒーローがヒロインを〝逃がさないぞ〟感のあるすごく素敵な表紙にしていただきありがとうございます。

毎度、忍耐強くもろもろの提出を待ってくれる、編集部のみなさん。編集部のある東京の方角へは、決して足を向けて寝られません！

そして最後にお読みいただいた読者様。

ポンコツなりにも十年間書き続けていられたのは、皆様の支えあってのことです。

一向に文章は上手になりませんが、読んで面白かったと思ってもらえる作品作りを今後も心掛けていきます。


あっという間に十年が経ち、自分でも驚いています。

これからもマイペースにやっていきますので、応援していただければうれしいです。

感謝を込めて。

高田《たかだ》ちさき

高田ちさき先生への
ファンレターのあて先

〒104-0031
東京都中央区京橋1-3-1
八重洲口大栄ビル7F
スターツ出版株式会社　書籍編集部　気付

高田ちさき先生

本書へのご意見をお聞かせください

お買い上げいただき、ありがとうございます。
今後の編集の参考にさせていただきますので、
アンケートにお答えいただければ幸いです。

下記URLまたはQRコードから
アンケートページへお入りください。
https://www.berrys-cafe.jp/static/etc/bb

離婚したはずが、辣腕御曹司は揺るぎない愛でもう一度娶る

2023年11月10日　初版第1刷発行

著　者　高田ちさき
©Chisaki Takada 2023
発行人　菊地修一
デザイン　カバー　ナルティス
フォーマット　hive & co.,ltd.
校　正　株式会社鷗来堂
発行所　スターツ出版株式会社
〒104-0031
東京都中央区京橋1-3-1　八重洲口大栄ビル7F
TEL　出版マーケティンググループ　03-6202-0386
(ご注文等に関するお問い合わせ)
URL　https://starts-pub.jp/
印刷所　大日本印刷株式会社

Printed in Japan

乱丁・落丁などの不良品はお取替えいたします。
上記出版マーケティンググループまでお問い合わせください。
定価はカバーに記載されています。

ISBN 978-4-8137-1501-6　C0193

ベリーズ文庫 2023年11月発売

『凄腕外科医は初恋妻を溺愛で取り戻す～もう二度と君を離さない～【極上スパダリの執着溺愛シリーズ】』　にしのムラサキ・著

受付事務の茉由里と大病院の御曹司・宏輝は婚約中。幸せ絶頂の中、彼の政略結婚を望む彼の母に別れを懇願され、茉由里は彼の未来のために姿を消すことを決意。しかしその直後、妊娠が発覚。密かに産み育てていたはずが…。「ずっと君だけを愛してる」――茉由里を探し出した宏輝の猛溺愛が止まらなくて…!?

ISBN 978-4-8137-1499-6／定価726円（本体660円＋税10%）

『契約婚初夜、冷徹警視正の激愛が溢れて抗えない』　滝井《たきい》みらん・著

図書館司書の莉乃は、知人の提案を断れずエリート警視正・柊吾とお見合いすることに。彼も結婚を本気で考えていないと思っていたのに、まさかの契約結婚を提案される！　同居が始まると、紳士だったはずの柊吾が俺様に豹変して…!?　「俺しか見るな」――独占欲全開な彼の猛溺愛に溶かし尽くされ…。

ISBN 978-4-8137-1500-9／定価748円（本体680円＋税10%）

『離婚したはずが、辣腕御曹司は揺るぎない愛でもう一度娶る』　高田《たかだ》ちさき・著

IT会社で働くOLの琴葉は、ある日新社長の補佐役に抜擢される。彼女の前に新社長として現れたのは、４年前に離婚した元夫・玲司だった。とある事情から、旧財閥の御曹司の彼に迷惑をかけまいと琴葉は身を引いた。それなのに、「俺の妻は、生涯で君しかいない」と一途すぎる溺愛猛攻がはじまって…!?

ISBN 978-4-8137-1501-6／定価726円（本体660円＋税10%）

『偽装結婚から始まる完璧御曹司の甘すぎる純愛―どうしようもないほど愛してる』　吉澤紗矢《よしざわさや》・著

カフェ店員の花穂は、過去のトラウマが原因で男性が苦手。しかし、父親から見合いを強要され困っていた。断りきれず顔合わせの場に行くと、そこにいたのは常連客である大手企業の御曹司・響一で…!?　彼の提案で偽装結婚することになった花穂。すると、予想外の甘い独占欲に蕩かされる日々が始まって…!?

ISBN 978-4-8137-1502-3／定価726円（本体660円＋税10%）

『俺様御曹司は本能愛を抑えない～傷心中でしたが溺愛で溶かされました～』　立花実咲《たちばなみさき》・著

失恋から立ち直れずにいた澄香は、花見に参加した帰り道、理想的な紳士と出会う。彼との再会を夢見ていた矢先、勤務する大手商社の御曹司・伊吹から突然プロポーズされて…!?　「君はただ俺に溺れればいい」――理想と違うはずなのに、甘く獰猛な彼からの溺愛必至な猛アプローチに澄香の心は揺れ動き…。

ISBN 978-4-8137-1503-0／定価715円（本体650円＋税10%）

ベリーズ文庫 2023年11月発売

『愛なき結婚ですが、一途な冷徹御曹司のとろ甘溺愛が始まりました』 田崎《たさき》くるみ・著

1年前、社長令嬢の菫子は片思いしていた御曹司の隼士と政略結婚をすることに。しかしふたりの関係はいつまでも冷え切ったまま。いつしか菫子は彼の人生を縛り付けたくないと身を引こうと決意し離婚を告げるが…。「君を誰にも渡さない」──なぜか彼の独占欲に火がついて菫子への溺愛猛攻が始まって…!?

ISBN 978-4-8137-1504-7／定価726円（本体660円＋税10%）

ベリーズ文庫 2023年12月発売予定

Now Printing

『タイトル未定(御曹司×許嫁)【極上スパダリの執着溺愛シリーズ】』 若菜《わかな》モモ・著

大学を卒業したばかりの蘭は祖母同士の口約束で御曹司・清志郎と許嫁関係。憧れの彼との結婚生活に浮足立つも、愛なき結婚に寂しさは募るばかり。そんなある日、突然クールで不愛想だったはずの彼の激愛が溢れだし…!?　「君を絶対に手放さない」――彼の優しくも熱を孕む視線に蘭は甘く蕩けていき…。

ISBN 978-4-8137-1509-2／予価660円（本体600円＋税10%）

Now Printing

『溺愛夫婦が避妊をやめた日』 葉月《はづき》りゅう・著

割烹料理店で働く依都は、客に絡まれているところを大企業の社長・史悠に助けられる。仕事に厳しいことから"鬼"と呼ばれる冷酷な彼だったが、依都には甘い独占欲を露わにしてきて!?　いつしか恋人同士になったふたりは結婚を考えるようになるも、依都はとある理由から妊娠することに抵抗を感じていて…。

ISBN 978-4-8137-1510-8／予価660円（本体600円＋税10%）

Now Printing

『ホテル王の不屈の純愛～過保護な溺愛に抗えない～』 皐月《さつき》なおみ・著

母を亡くし無気力な生活を送る日奈子。幼なじみで九条グループの御曹司・宗一郎に淡い恋心を抱いていたが、母の遺書に「宗一郎を好きになってはいけない」とあり、彼への気持ちを封印しようと決意。そんな中、突然彼からプロポーズされて…!?　彼の過保護な溺愛で次第に日奈子は身も心も溶けていき…。

ISBN 978-4-8137-1511-5／予価660円（本体600円＋税10%）

Now Printing

『タイトル未定(救急医×ベビー)』 未華空央《みはなそらお》・著

看護師の芽衣は仕事の悩みを聞いてもらったことで、エリート救急医・元宮と急接近。独占欲を露わにした彼に惹かれ甘い夜を過ごした後、元宮が結婚し渡米する噂を聞いてしまう。身を引いて娘をひとり産み育てていた頃、彼が目の前に現れて…！　「もう、抑えきれない」ママになっても溺愛されっぱなしで…!?

ISBN 978-4-8137-1512-2／予価660円（本体600円＋税10%）

Now Printing

『タイトル未定(社長×契約結婚)』 黒乃梓《くろのあずさ》・著

大手企業で契約社員として働く傍ら、伯母の家事代行会社を手伝っている未希。ある日、家事代行の客先へ向かうと、勤め先の社長・隼人の家で…!?　副業がバレた上、契約結婚を持ちかけられる。「君の仕事は俺に甘やかされることだろ?」――仕事の延長の"妻業"のはずが、甘い溺愛に未希の心は溶かされていき…。

ISBN 978-4-8137-1513-9／予価660円（本体600円＋税10%）

タイトル、価格等は変更になることがございますのでご了承ください。